Goosebumps®

Goosebumps®

Goosebumps®

雞皮疙瘩 43

你嚇不倒我！

You Can't Scare Me!

R.L. 史坦恩（R.L.STINE）◎著

柯博昌◎譯

致台灣讀者

讀者們，請小心……

我是R．L．史坦恩，歡迎到「雞皮疙瘩」的可怕世界裡來。

你是否曾在深夜裡聽到過奇怪的嚎叫？你是否曾在黑暗中聽到腳步聲——卻根本看不到人？你是否見過神祕可怖的陰影，幽幽暗處有眼睛在窺視著你，或者身後有聲音叫你的名字？

如果是這樣，你應該了解那種奇特的發麻的感覺——那種給你一身雞皮疙瘩、被嚇呆的感覺。

在這些書裡，幽靈在閣樓上竊竊低語；膽顫心驚的孩子忽而隱形；稻草人活了，在田野裡走來走去；木偶和布娃娃也有生命，到處嚇人。

當然，這些都是磨礪心志的好玩的嚇人事。我希望你們感到害怕，同時也希望你們大笑。這都是想像出來的故事。當然，最可怕的地方在你們自己心裡。

過個害怕的一天吧！

Goosebumps 雞皮疙瘩

出版緣起

人生從奇幻冒險開始

何飛鵬
城邦媒體集團首席執行長

我的八到十二歲是在《三劍客》、《基度山恩仇記》、《乞丐王子》中度過的。可是現在的小孩有更新奇的玩具、電玩、漫畫，以及迪士尼樂園等。

八到十二歲，正是孩子從字數極少、以圖畫爲主的繪本閱讀，跨越到漸漸以文字閱讀爲主的時期。也正是訓練孩子從圖像式思考，轉變成文字思考的重要階段。在這個階段，養成長期的文字閱讀習慣，能培養孩子敘事、分析、推理的邏輯思辨能力，奠定良好的寫作實力與數理學力基礎。

然而，現在的父母擔心，大環境造成了習於圖像、不擅思考、討厭文字的一代。什麼力量能讓孩子重回閱讀的懷抱呢？

全球銷售三億五千萬冊的「雞皮疙瘩」，正是爲了滿足此一年齡層的孩子的需求而誕生的！

無論是校園怪奇傳說、墓地探險、鬼屋驚魂，或是與木乃伊、外星人、幽靈、吸血鬼、殭屍、怪物、精靈、傀儡相遇過招，這些孩子們的腦袋裡經常出現的角色或想像，經由作者的生花妙筆，營造出一個個讓孩子們縱橫馳騁的魔幻時空、光怪陸離的神奇異界，經歷各種危急險難，最終卻又能安全地化險爲夷。這樣的冒險犯難，無論男孩女孩，無不拍案稱奇、心怡神醉！

本系列作品被譯爲三十二種語言版本，並在全球數十個國家出版，創下了出版史上多項的輝煌紀錄，廣受世界各地孩子的喜愛。作者史坦恩表示，這套作品之所以成功，是因爲多年的兒童雜誌編輯工作，讓他對兒童心理和兒童閱讀需求有了深刻理解——他知道什麼能逗兒童發笑，什麼能使他們戰慄。

我們誠摯地希望臺灣的孩子也能和世界上其他的孩子一樣，有更豐富多元的閱讀選擇。更希望藉由這套融合驚險恐怖與滑稽幽默於一爐，情節緊湊又緊張的「雞皮疙瘩系列叢書」，重拾八到十二歲孩子的閱讀興趣，從而建立他們的閱讀習慣，擁有一個快樂學習的童年。

現在，我們一起繫好安全帶，放膽體驗前所未有的驚異奇航吧！

專文推薦

戰慄娛人的鬼故事

國立臺北教育大學語文與創作系兒童文學教授
廖卓成

這套書很適合愛看鬼故事的讀者。

文學的趣味不止一端，莞爾會心是趣味，熱鬧誇張是趣味，刺激驚悚也是趣味。有人擔心鬼故事助長迷信，其實古典小說中，也有志怪小說一類，《聊齋誌異》就有不少鬼故事。何況，這套書的作者開宗明義的說：「這都是想像出來的故事」，不必當眞。

既然恐怖電影可以看，看鬼故事似乎也無妨；考試的書讀久了，偶爾調劑一下，對頭腦卻是有益。當然，如果看鬼片會連續失眠，妨害日常生活，那就不宜勉強了。

雋永的文學作品，應該有深刻的內涵；但不少兒童文學作品說教有餘，趣味不足。只要有趣味，而且不是害人爲樂的惡趣，就是好的作品。鮑姆（Baum）在《綠野仙蹤》的序言裡，挑明了他寫書就是爲了娛樂讀者。

倒是內行的讀者，不妨考校一下自己的功力，留意這套書的敘事技巧，由主角「我」來講故事，有甚麼效果？書中衝突的設計與化解，是否意想不到又合情合理？能不能有不同的設計？會不會更好？這是另一種引人入勝之處。

Goosebumps
雞皮疙瘩

導讀

結局只是另一場驚嚇的開始

耿一偉
臺北藝術節藝術總監
臺北藝術大學戲劇系兼任助理教授

不知道大家還記不記得，小時候玩遊戲，比如捉迷藏等，都會有一個人要當鬼。鬼在這個遊戲中很重要，沒有鬼來捉人，遊戲就不好玩。這些遊戲的關鍵特色，不是人要去消滅鬼，而是要去享受人被鬼追的刺激樂趣。所以當鬼捉到人後，不是遊戲就結束，而是下一個人要去當鬼。於是，當鬼反而是件苦差事，因爲捉人沒有樂趣，恨不得趕快找人來替代。所以遊戲不能沒有鬼，不然這個遊戲就不好玩了。

在史坦恩的「雞皮疙瘩系列」中，這些鬼所扮演的角色也是類似遊戲中的鬼，給我帶來閱讀與想像的刺激。各位讀者如果留意一下，會發現在他的小說中，都有一個類似的現象，就是結局往往不是一個對抗式的終局，一種善惡誓不兩立，以消滅魔鬼爲最終目標的故事——這比較是屬於成人恐怖片的模式，不是你死，就是人類全部變殭屍。但「雞皮疙瘩系列」中，你的雞皮疙瘩起來了，可是結尾的時候，鬼並不是死了，而是類似遊戲一樣，這些鬼換了另一種角色，而且有下一場遊戲又要繼續開始的感覺。

礙於閱讀的樂趣，我無法在此對故事結局說太多，但各位看完小說時，可以再回想我在這裡說的，就知道，「雞皮疙瘩系列」跟遊戲之間，的確有類似性。換另一個角度來看，這些主角大多爲青少年，他們在生活中碰到的問題，如搬家面對新環境、男生女生的尷尬期、霸凌、友誼等，都在故事過程一一碰觸。

「雞皮疙瘩系列」令人愛不釋手的原因，也在於表面上好像主角是鬼，但讀到一半，你會感覺到，故事的重點不知不覺地從這些鬼怪轉移到那些被追的青少年身上，鬼可不可怕不是重點，重點是被追的過程中，一些青少年生活中的苦悶，也被突顯放大，甚至在故事中被解決了。所以你會在某種程度感受到，這本書的內容是在講你，在講你的生活，在講你的世界，鬼的出現，只是把這些青春期的事件給激化了。

另一個有趣的現象，是從日常生活轉入魔幻世界的關鍵點，往往發生在父母不在身邊，然後主角闖入不熟識空間的時候——比如《魔血》是主角暫住到姑婆家、《吸血鬼的鬼氣》是闖入地下室的祕道、《我的新家是鬼屋》是新家的詭異房間……等等。

因為誤闖這些空間，奇怪的靈異事件開始打斷平凡無趣的日常軌道，一段冒險展開了，一場你追我跑的遊戲開始進行，而父母們往往對此毫無所悉，不知道自己的兒女在故事結束時，已經有所變化，變得更負責任，更勇敢。

「雞皮疙瘩系列」的意義，也在這個地方。在平凡無奇充滿壓力的青春期校園生活中，有那麼多不快樂、有那麼多鬼怪現象在生活中困擾著我們，但這無法跟家長說，因為他們不能理解，他們看不到我們看到的。但透過閱讀，透過想像力所引發的鬼捉人遊戲，這些不滿被發洩，這些被學校所壓抑的精力被釋放了。

幸好有這些鬼怪的陪伴，日子不再那麼無聊，世界可以靠自己的力量改變。

終究，在青少年的世界裡，鬼怪並不是那麼可怕，在史坦恩的小說中，也往往會有主角最後拯救了這些鬼怪的情形，彷彿他們不是惡鬼，而比較像誤闖人類世界的外星人……這也是青少年的焦慮，他們正準備降臨成人世界，這件事讓他們起了雞皮疙瘩！！

這句英文怎麼說

只要能出校門我都很開心。
I was happy to be getting out of school.

1.

我們決定在校外教學那天來嚇嚇寇特妮。

上校車時，班導馬文先生，以及另一位六年級的班導普林斯女士，正在數著人數。

寇特妮當然排第一位囉，她總是搶著第一個上車。她的朋友丹妮絲就排在她後面。

那天是陰天，厚厚的烏雲從我們的頭上飄過，遮住了陽光。收音機裡的男人說今日有九成的降雨機率。我才不在乎咧，只要能出校門我都很開心。

我把我的朋友「阿帽」往前面同學推。他的眞名是賀比，不過大家都叫他阿

帽，因爲沒人看過他頭上沒戴棒球帽的樣子。

我跟他從四年級就認識了，印象中我從沒看過他把頭髮露出來。

前面的同學轉過來把阿帽往我這邊推，阿帽大叫：「喂！不要擠啦！」他用力拍了拍我的肩膀：「艾迪，你害我把口香糖吞下去了啦！」

「嘿，男孩們，冷靜點！」馬文老師皺著眉對我們說。

他是那種每次都會對我們說「冷靜點」的老師，而且努力表現得好像他是我們的朋友一樣。

不過他是個好老師，而且還常帶我們去戶外教學，這點很棒。

「我們爲什麼要到森林裡去？」阿帽嘟噥著，一邊拿出一片新的泡泡糖出來嚼。「我們是要去找什麼？」

「樹吧，我猜。」我回答。

我也忘了我們爲什麼要來葛林森林，我只記得我們應該要做筆記。

「艾迪，你要來點泡泡糖嗎？」我轉身去看排在我後面的朋友夏琳，她和我的另一位朋友莫莉都吞了一大片葡萄泡泡糖，用力地嚼著。

這句英文怎麼說

莫莉有戴眼鏡和牙套。
Molly wears glasses and has braces.

「莫莉，妳怎麼可以戴牙套還嚼那玩意兒？」我問。

她大大地張開嘴巴，露出牙齒說：「沒有沾到很多啦！」

莫莉的牙套是紅藍相間的，她總是秀牙套給人看，我也不知道爲什麼。

莫莉和夏琳長得很像，幾乎像是姊妹一樣，她們都有著褐色短髮和褐色眼睛。她們都跟我差不多高，五呎二吋（一五七．五公分）。她們總是穿著褪色牛仔褲和超大的T恤。

唯一的差別就是莫莉有戴眼鏡和牙套，而夏琳沒有。

我打趣地說：「我會在幽暗的森林裡保護妳們兩個。妳們知道的，例如被跳蚤之類的攻擊。」

「艾迪可是個眞正的硬漢呢！」阿帽邊笑邊說，「他眞的很勇敢喔！」說完還用力頂了一下我的肩膀，我假裝一點也不痛的樣子。

夏琳說：「你們兩個才有跳蚤咧！」

莫莉附和：「我們會保護你的，艾迪。裡面一定有很多可怕的蟲子！」

阿帽、莫莉和夏琳同時爆笑出來。

莫莉是在嘲笑我有一次跟他們去釣魚時，我在把魚餌放在鉤上時遇到了一點麻煩。我生氣地喊著：「我才沒有怕蟲子，我只是覺得很噁心罷了！」

我瞪了莫莉一眼，其實我沒有生氣，我已經習慣被他們嘲笑了。

小朋友們總是會取笑我的雀斑還有紅髮。

還有我的哥哥凱文，他總是叫我兔寶寶，因爲我的門牙有點暴。

「啥事呀？老兄。啥事呀？老兄。」（註1）凱文老是對我這麼說。

他和他的國中同學覺得這樣很好玩。

我上了校車，擠過阿帽搶到了靠窗的位置。寇特妮和丹妮絲當然是坐前座。

寇特妮把校車窗戶當成鏡子，對著窗戶梳理她金黃色的長髮。丹妮絲則不知在筆記本上寫著什麼。

阿帽一把把我拉出座位，害我跌坐在走道上，他則快速搶走靠窗的位置。

「喂！不公平！」我咆哮道。

他用高分貝的笑聲對我笑。

阿帽是我的死黨，但我必須承認他看起來有點蠢。

這句英文怎麼說

我已經習慣被他們嘲笑了。
I'm used to being teased.

我的意思是他總是笑得齜牙裂嘴，有點像是《白雪公主與七個小矮人》裡的糊塗蛋（Dopey）。而且他有著一對大耳朵，棒球帽都快折到他的耳朵了。

阿帽是個好人，他總是讓莫莉、夏琳和我哈哈大笑。

「回來的時候換我坐窗邊！」我一邊說，一邊坐在阿帽旁邊。夏琳經過我的位置時故意撥亂了我的頭髮。

阿帽把鼻子貼在窗戶上，看著自己哈出來的氣，一邊問：「爲什麼要叫綠森林啊？爲什麼不叫紅森林或藍森林？」（註2）

我告訴他：「以前一位姓綠的人曾經擁有這座森林。當他死後，就把這片土地捐給本市。」

「我知道啊。」阿帽說。

眞是個大騙子。

我把他的棒球帽轉過來反戴。他超討厭人家這麼做的，不過他活該，誰叫他搶我靠窗的位置。

幾分鐘後，遊覽車動身前往葛林森林。沒過多久，我們便下車，看著那些高大參天的樹木和烏雲滿布的天空。

普林斯老師跟大家說：「在你們的作業單上畫一個兩欄的表格。一欄記錄野生動物，一欄記錄植物。」

「我要把妳寫在植物那欄。」我這樣跟夏琳說。

她向我吐舌，用泡泡糖在舌尖吹出一個好大的紫色泡泡。

阿帽用力拍她的背，害她的泡泡糖飛了出來。夏琳生氣地哭著想打阿帽，但他趕快往後跑以策安全。他跑得太快了，夏琳追不上。

老師替我們進行分組，然後我們就開始探索這片森林。

我們沿著一條又窄又泥濘的窄道走，沿途都是樹木。走在幽暗的森林裡，感覺涼意越來越濃，我眞希望太陽趕快出來。

阿帽指著某個東西問我：「樹上那個綠色的東西是什麼？是青苔嗎？青苔算是野生動物還是植物？」

我說：「你應該要知道，因爲你背上就有長啊！」

莫莉和夏琳笑到不行，但阿帽可笑不出來。

這句英文怎麼說

你就不能正經點嗎？
Can't you ever be serious?

「你就不能正經點嗎？」他在作業單上快速地塗塗寫寫。我低頭看看自己的作業單，我什麼都還沒寫。我是說，我只看到一堆樹和草而已，誰會覺得這些東西該被記錄啊？

「那些生物都躲起來了。」普林斯老師對我們前面那組小朋友說，「找找看牠們躲在哪裡吧。看看地面和樹上的洞，找找那些隱藏的巢穴。」

我抬頭望著那些樹，樹葉太厚了，看不到任何鳥巢。我正打算跟阿帽說，他該看看石頭，因爲他就是從那裡蹦出來的。不過我話還沒出口，就聽到後面傳來一陣急促的聲音。

「噓！看！是一頭鹿！」

我們都回過頭去看看是誰在說話，果不其然是寇特妮。還有誰會第一個發現鹿呢？

她和丹尼絲都像被石化了一樣，一動也不動地盯著樹叢間的窄縫。寇特妮一直舉起手指貼近嘴唇，示意大家安靜。

阿帽、莫莉、夏琳和我都跑過去想看那頭鹿。

「我什麼都沒看到。」我拚命擠到樹叢那邊。

「牠跑走了啦。」寇特妮對我說。

「你錯過牠了。」丹妮絲附和。

我看到她把鹿寫在作業單的動物欄裡。

她已經寫了四種，我卻什麼也沒寫。

「你有看到正在睡覺的蝙蝠嗎？」寇特妮問我。

「蝙蝠？」我不喜歡蝙蝠，牠們好醜。而且如果牠們咬你該怎麼辦？

「牠掛在那棵樹上。」寇特妮指著我們後面說，「你怎麼會沒看到？」

我聳聳肩。

「那棵是樺樹，另外那棵是柳樹，把它們寫進清單裡吧。」丹妮絲對寇特妮說。

阿帽、莫莉和夏琳繼續沿著小徑前進，我趕緊追上他們。

在我看來，寇特妮和丹妮絲太用功了點。校外教學就是應該要嘻嘻哈哈地玩要才對啊！

這句英文怎麼說

我聳聳肩。
I shrugged.

我們慢慢地穿越森林。過了一會兒，太陽露臉了，金黃色的陽光從樹林間灑下。

我企圖用力把阿帽往一叢有毒的藤蔓那裡推，但他躲開了。

我繼續沿著泥濘的小道走，我看到一條蛇在我左邊腳下滑來滑去，我實在很想無視牠。那是條亮綠色的蛇，我憋住呼吸看著牠，差點一腳踩上去。

當我無助地看著牠時，牠突然扭過頭來，嘴巴張得大大的，往前衝過來想要咬我的腿。

我張開嘴想要尖叫，卻一點聲音也發不出來。

註1：「What's up, doc?」這是美國華納的卡通人物兔寶寶的口頭禪。

註2：森林的原文爲Greene Forest，發音近似英文的「綠色」Green。

2.

那條蛇向我匍匐而來，我閉上眼睛等待隨之而來的痛感。

「喔——！」一聲低沉、恐懼的哭聲脫口而出。

我張開眼睛，看到寇特妮抓著那條蛇。

「寇特妮，我……我……」我結巴了。

「艾迪，你不是在怕這條蛇吧？」寇特妮邊說，邊把蛇舉到我面前。牠的黑眼珠骨碌碌地盯著我看，還伸出舌頭來。

「艾迪，牠是條無害的青蛇啊！」寇特妮說。

我聽到丹妮絲在我背後訕笑。

寇特妮拍拍那條蛇，讓牠在她的指間繞來繞去。

這句英文怎麼說

牠是條無害的青蛇。
It's a harmless green snake.

「呃……我其實沒有很怕。」我咕噥著。事實上我的聲音在顫抖著，我看得出來寇特妮不相信我說的話。

「只是條無害的青蛇罷了，艾迪。」她又再重複了一遍，說完她便將蛇放回地面上。

我立刻彈開，以爲牠又要來找我。但是牠無聲無息地鑽回了草叢中。

阿帽又用他那高分貝且神經質的聲音笑了。丹妮絲鄙視地搖搖頭。

「把這個加入清單吧！」寇特妮對她說。

青蛇，這是她們蒐集到的第七種野生動物了。

「我們應該把膽小鬼也加上去，那樣就有八種了。」丹妮絲一邊瞪著我一邊說。

「嘖！」我恨恨地回答。

我示意朋友們跟著我，趕快一起穿過小徑。我們可以聽到寇特妮和丹妮絲大笑的聲音。

「別難過，」阿帽對我說，一邊拍了拍我的肩膀。「她不過就是讓你看起來像個不折不扣的笨蛋。」

莫莉也笑了，不過夏琳沒有。

「寇特妮只是在炫耀而已，因爲她無聊。」夏琳對我說。

「我希望那條蛇咬她那完美的鼻子。」莫莉附和，「你知道，最好留下齒痕。」

「我眞的沒在害怕啦！那條蛇嚇到我了，如此而已。我知道牠是無害的啊！」我尖聲說道。

「對啦對啦，最好是。」阿帽回答，骨碌碌的眼珠轉動著。

我伸手想摘他的帽子卻撲了個空。

「本小姐要通過了！」寇特妮喊著。她和丹妮絲快步經過我們，還揮舞著手上的作業單。

丹妮絲轉過頭來，像蛇一樣對我吐舌頭。寇特妮也笑了。

「我敢打賭，她們接下來會用這件事嘲笑我一百年。」我邊嘆氣邊說。

「我們一定會笑你一百年的。」莫莉信誓旦旦地說。

我心不甘情不願地走過小徑，金黃色的陽光灑落樹梢，但並沒有照亮我的心

這句英文怎麼說

我的一天已經毀了。
My day had been ruined.

靈。一隻可愛的紅毛松鼠快速鑽過小徑，但我一點也不感興趣。

我的一天已經毀了，都是寇特妮和那條愚蠢的青蛇害的。我都能聽見前面那群小朋友在笑我。

每當我和阿帽對到眼，他都對我微微笑，好像是在說：*你今天真的搞砸了，艾迪*。

我一直告訴自己這沒什麼大不了的。我怕蛇，然後寇特妮救了我，那又怎樣呢？

「小心，艾迪，那邊有隻毛毛蟲，可能會咬人喔！」前面雜草堆中有些孩子對我說。

「你們有完沒完啊！」我生氣地喊道。

我努力沿著小徑向前進時，森林在我眼前似乎變成一團模糊的亮綠色，其他小朋友都忙著把看到的生物寫進作業單上，但我看不到任何值得記錄的東西。

空氣變得又熱又潮濕，我的T恤都貼在背上了。小小的白飛蚊在我臉上繞來繞去。

當我們走到盡頭，踏出森林快到停車場時，我眞的很高興。我們整整繞了一大圈。

校車停在草地邊，車門大大地敞開，但卻沒人上車。

令我意外的是，我看到一群小朋友在校車幾尺外圍成一個圈圈，他們都安靜地站著，抬頭盯著不知道是什麼東西。

「怎麼了？」我問夏琳，她正快步走向那群沉默的小孩。

「是寇特妮！」她向我喊道。

我也開始奔跑。那些小朋友靜默地圍成一圈，沒人動。

寇特妮發生了什麼事嗎？

這句英文怎麼說

她又在炫耀了。
She was showing off again.

3.

她怎麼了？是昏倒還是怎麼了？被森林裡的動物咬傷了嗎？

我跑過草地，一路擠向那群小朋友。

我看到寇特妮站在圓圈中心，臉上掛著興奮的笑容。我猜錯了，她沒遇到什麼恐怖的事，她不過是又在炫耀罷了。

她把手高舉向上，接著攤開手掌給大家看。

兩隻大黃蜂在她的手中，並爬過她的手掌。

我屏住呼吸，跟其他人一樣怔怔地看著。寇特妮看到我時笑得更開了。

其中一隻蜜蜂越過她的手腕，來到她的手臂，另一隻則待在她的掌心。

馬文老師和普林斯老師站在人群中寇特妮的對面，臉上流露出欽佩的神情。

馬文老師微笑著，普林斯老師則是雙手緊緊環抱在胸前，看起來比馬文老師多了點擔心。

「除非你招惹牠，不然蜜蜂是不會主動攻擊的。」寇特妮溫柔地說。

「妳的手有什麼感覺？」一個小朋友問。

「癢癢的。」寇特妮說。

有些小朋友不敢看，有些人嘰嘰喳喳地，有些人則催促著：「快把牠們放走啦！」

那隻蜜蜂一路沿著寇特妮的手臂往上爬，爬到她T恤的袖子邊。

我好奇如果那隻蜜蜂爬到她的衣服裡會怎樣？她會驚慌嗎？她會整個失控，尖叫，然後不停地拍打手臂，想把蜜蜂趕出來嗎？

不，不可能的，她可是寇特妮，又酷又冷靜的寇特妮是絕對不會驚慌的。

另一隻蜜蜂慢慢地爬到她的手上。

「真的很癢耶！」寇特妮呵呵地笑了。她的金髮反射了陽光，藍眼睛興奮地閃爍著。

這句英文怎麼說

蜜蜂真的非常溫和。
Bees are really very gentle.

拜託，蜜蜂，快叮她！叮她啊！我內心默默地喊道。不知道會不會也有人像我一樣暗自這麼想著。

這的確是個不好的念頭，我承認，不過這也是她自找的。

拜託——叮一小口就好了！我專心祈禱著。

那隻蜜蜂碰到袖口時，又折返往寇特妮的手肘爬去。

「蜜蜂眞的非常溫和。」寇特妮溫柔地說。

現在蜜蜂都爬到她的手掌上了。

寇特妮對我微笑。一陣涼意爬上我的背脊，我好奇她幹嘛要這樣做。

我得承認，我眞的很怕蜜蜂。自從我很小的時候被蜜蜂叮過，我就怕到現在。

「有誰想要試試看嗎？」寇特妮問。

人群中傳出一陣緊張的笑聲，沒人會那麼瘋當自願者。

「嘿，艾迪，接著！」寇特妮叫道。

在我還來不及做任何反應時，她就把手伸過來，把兩隻蜜蜂往我這裡送！

4.

我尖叫著退後，聽到周遭都是嗡嗡聲。有一隻蜜蜂打到我的肩膀，掉落在草叢裡。另一隻則卡在阿帽的衣服上揮舞著翅膀。

「弄走牠！走開！」阿帽尖叫。

他用雙手瘋狂地抖衣服，並且張牙舞爪地跳來跳去。有些孩子也在尖叫。但幾乎所有人都在大笑。

我注意到掉落草叢的那隻蜜蜂，牠不斷在地上嗡嗡叫，然後朝我臉飛來。

「啊——！」我一邊尖叫一邊雙膝著地，用手護著我的頭。

「我想是時候回學校了。」在一片小朋友的笑聲中，我聽到馬文老師這麼說。

上校車時，我經過寇特妮的座位，她對我露出了一個輕蔑的笑容。我眼睛直

這句英文怎麼說

我想是時候回學校了。
I think it's time to get back to school.

瞪著前方快步通過，盡量無視她。

有些小朋友在學蜜蜂嗡嗡叫，有些人則在學蛇的嘶嘶聲。

大家都覺得阿帽和我表現得像個膽小鬼。我邊嘆氣邊一屁股坐在最後一排的座位上。

阿帽在我身旁坐下，把他的棒球帽簷壓到遮住眼睛。最後排的座位是一整排的，莫莉和夏琳也來加入我們。

夏琳用力地嚼著口香糖，莫莉則努力把黏在牙套上的口香糖摳下來。直到車子開動前，我們都沒人開口說話。

然後我們便低聲抱怨起寇特妮有多愛現。

「她就是覺得自己最棒啦！」阿帽不開心地咕噥著。

「她表現得好像天不怕地不怕一樣，好像她是神力女超人什麼的。」夏琳說。

「把蜜蜂往艾迪身上丟也很壞。」莫莉附和，一邊還在摳牙套上的口香糖。

「她知道艾迪有多膽小，」阿帽說，「她知道他會叫個不停。」

「你還不是！」我大叫，盡量不讓自己聽起來幼稚。

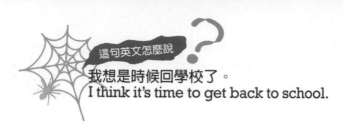

「喂，我跟你同一國耶！」阿帽堅持，還推了我一把，我也推回去。

我眞的是氣炸了，我想主要是氣我自己吧。

「寇特妮一定也有害怕的東西。」夏琳若有所思地說。

校車在紅燈前停了下來，我瞄了瞄窗外，我們正在前往泥溪的樹林裡。

「也許她害怕的是泥怪！」我猜道。

我那三個朋友齊聲苦笑。

「不可能的，沒人相信世上有泥怪好嗎？那只是個愚蠢的老傳說。寇特妮不可能會怕的。」夏琳說。

有傳說說我們住的城鎭裡住著許多泥怪，都躲在泥濘的河床或小溪裡。當滿月時，泥怪就會從河床裡冒出來，拖著滿是泥巴的步伐，把人拖到泥濘裡。

這故事眞不錯，當我還是小小孩的時候對這故事深信不疑。我哥哥凱文總是把我帶到那附近的森林，告訴我泥怪快要出來了，然後顫抖著指向某處，說他看得到泥怪。

我總是極力保持不被嚇倒，但還是忍不住，總是一邊尖叫一邊沒命地逃。

這句英文怎麼說

我們一定要想辦法嚇嚇寇特妮！
We've got to find a way to scare Courtney!

「你哥還在演泥怪的戲碼嗎？」阿帽問。

我點點頭。「對啊，你得看看他跟他朋友做的那些噁爛戲服，眞的很噁。」

凱文跟他朋友之前爲了高中課程拍攝家庭自製影片，是一部片名叫《河床上的泥怪》的恐怖片。

我求他讓我在裡面飾演一個角色，但他說他不能冒這個險。

「如果眞的泥怪爬出來追著你跑怎麼辦？」他笑著對我說。

我拚命說我已經長大了，這些嚇不倒我的。但凱文還是不讓我參與製作這部影片。

校車顚了一下後繼續往前進，我往前瞄了一下寇特妮和丹妮絲，她們也回看了我一眼，還伴隨著嘲笑聲。

我轉向朋友們說：「我們一定要想辦法嚇嚇寇特妮！一定要！」

「艾迪說的沒錯！」阿帽馬上附和，「我們一定要好好嚇嚇她，讓她在一群小朋友面前出醜！不然今天的事會被她說個沒完。」

「但是她這麼勇敢，天不怕地不怕，有什麼嚇得了她？」夏琳邊搖頭邊說。

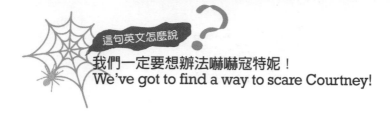

我們都沉默了，搖頭晃腦地努力想招數。

接著我看到莫莉臉上露出了邪惡的微笑。她推了推鼻樑上的眼鏡，褐色眼睛閃爍著興奮的光芒。

「我想到了一個點子。」她小聲地說。

這句英文怎麼說

我想到了一個點子。

I think I have an idea.

5.

「我哥有一條很噁心的橡膠蛇。」莫莉小聲說，笑得更開心了。我們四個在後座竊竊私語。校車每顛一次，我們都快被震到地上。

「寇特妮又不怕蛇。」阿帽說，「她還喜歡摸牠們咧，記得嗎？」

「但那是條愚蠢的青蛇，」莫莉繼續說，「我哥的橡膠蛇又粗又黑，齜牙裂嘴的，還有又大又尖的毒牙，看起來很兇猛，而且——」

「看起來逼真嗎？會不會很假？」我問。

校車似乎撞到什麼重物，又重重地顛了一下，我們整個人都彈跳起來。

「它看起來可逼真了！」莫莉回答，眼神發亮。「而且摸起來溼溼的，還有點黏黏的。」

「噁！」夏琳做了個噁心的鬼臉。

「我哥拿來嚇我很多次了，它看起來很逼眞又很噁心，我每次都被騙到。有一次半夜我在枕頭底下摸到，足足尖叫了一個小時，沒人能讓我停下。」

「太好了！」阿帽大叫。

我還是很不確定。「妳眞的覺得寇特妮會嚇到尖叫嗎？」

莫莉點點頭。「她絕對會抓狂的啦！那條橡膠蛇醜到都能嚇死一條眞蛇了！」

我們都哈哈大笑了起來，有些小朋友還轉頭過來想看看是什麼那麼好笑。

我可以看到寇特妮和丹妮絲坐在前座埋頭寫筆記，或許她們在互抄作業。反正她們不管怎樣都要當好學生。

「我迫不及待要嚇嚇寇特妮了。」校車快到學校時我這麼說。

「莫莉，妳確定能從妳哥那裡弄到那條蛇嗎？」

莫莉對我微笑：「我知道他放在哪個抽屜，我跟他借就是了。」

「但我們拿到後要怎麼做？」夏琳說，「怎樣才能嚇到寇特妮？我們要藏在

這句英文怎麼說

你真的覺得寇特妮會嚇到尖叫嗎？
You really think it'll make Courtney scream?

哪裡？」

「當然是她的午餐袋囉！」莫莉回答。

我們四個面帶笑容地下了校車。

午餐袋放在教室後面的矮櫃裡。我們班總是會在教室裡吃午餐。我們學校很小，所以沒有學生餐廳。

寇特妮的午餐向來很好認，就是架上最大的那個。她媽媽每次都給她帶兩份三明治和兩盒果汁，外加一袋薯片和一顆蘋果，一些起司條，還有一兩條水果捲。

我搞不懂爲什麼她媽媽要給她帶那麼大份的午餐。寇特妮根本不可能全吃完，她成了午餐時間的大英雄，因爲她總是把午餐分給許多午餐菜色不怎麼樣的小朋友。

隔天早上，我上學有點遲到，午餐袋已經放好在架上了。我可以看到寇特妮那個塞滿的棕色午餐袋就在最後面。

我直盯著它看。莫莉的任務成功了嗎？她有把那條橡膠蛇放進去嗎？

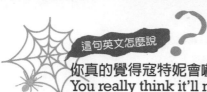

我從袋子外觀上看不出來。但是我看莫莉的表情就知道。她的臉有點紅，神色緊張地不斷往我這兒看。

太好了，莫莉成功了。

現在只要撐過三個半鐘頭，等到午餐時間就好了。

我怎麼可能專心在其他事上呢？我一直坐立難安，回頭看著寇特妮那鼓鼓的午餐袋，不斷想像接下來會發生什麼事。我不斷在腦海中反覆想像那美好的畫面。我看到寇特妮和丹妮絲一如往常隔著桌子對坐著。突然，我看到寇特妮的臉上閃過一絲驚嚇的表情。

我想像她開始尖叫，想像那條蛇從她午餐袋裡掉出來的樣子，它齜牙裂嘴，眼神像熱鐵一樣紅。

我想像著寇特妮嚇得直打哆嗦，大家都在取笑她。

我想像自己路過並撿起那條蛇：「幹嘛這麼怕？不過是條橡膠蛇嘛！寇特妮。」

我把那條蛇高高舉起，讓每個人都能看個清楚。

這句英文怎麼說

我從袋子外觀上看不出來。
I couldn't tell by looking at the bag.

「妳眞不該連橡膠蛇都怕的，它們又不會傷害妳，完全無害啊！」

我眞是大獲全勝。

整個早上，阿帽、莫莉和夏琳彼此不斷相視而笑，互相使眼色。我想我們根本沒在聽馬文老師在說什麼，也看不見他寫在黑板上的字。

我連複習小考的數學在考什麼都不知道，對我來說，那些數字只是一片模糊不清的符號罷了。

我和我那三個朋友整個早上都緊盯著時鐘。

終於，午餐時間快到了。我們四個趕快跑到教室後面，等在桌子旁邊，看著寇特妮和丹妮絲一起走到教室後面拿午餐。

我們看到寇特妮在書櫃前面彎下腰來。她先幫丹妮絲拿了她的午餐，然後拿起她自己的午餐袋。

她們兩個走向坐的地方，搬出椅子對坐著。

就是現在了！我屛氣凝神的想著。

這眞是重要的一刻。

6.

我和朋友們趕去拿午餐。我們可不想有任何人好奇爲什麼我們站在那裡盯著寇特妮。

我們坐在平常坐的位置上。我一直偷瞄寇特妮，既緊張又興奮，我覺得我快要爆炸了！

寇特妮開始打開她的午餐，就在那一刻，大家聽到教室後方傳來一陣低吼。是馬文老師。

「喔，不！」他喊道，「我今天忘了帶午餐！」

「沒關係。」寇特妮向老師喊道。馬文老師走向她那桌，蹲下來跟她說話。

我聽不清楚他們在說什麼。

這句英文怎麼說

我們坐在平常坐的位置上。
We sat down at our usual table.

午餐時間的教室實在很吵，大家都在嘻笑聊天，還有打開午餐袋時悉悉簌簌的聲音。阿帽、莫莉、夏琳和我是教室裡唯一安靜的人。我們看到寇特妮和馬文老師一直在交談。

「他們在講什麼啊？」阿帽對我低聲說，「他幹嘛不讓她打開午餐袋？」

「不，眞的，沒關係。我的午餐可以分你一些。你也知道我媽媽總是會爲我多準備一份午餐。」寇特妮對馬文老師說。

「喔，不！」我呻吟著，突然感到一陣反胃。

「我們該告訴他嗎？」阿帽問我。

太遲了，馬文老師已經把手伸進寇特妮的午餐袋裡了，他的眼睛困惑地瞇成一條線。接著，當他把那條黑色大蛇拿出來時，發出一聲高分貝的喊叫聲。午餐袋掉到地上，那條橡膠蛇在他手中快速地扭動。

莫莉說的沒錯，它眞的很逼眞。馬文老師再次叫出聲來，那條蛇掉到了地上。

整個教室充滿驚嚇聲。

寇特妮從椅子上跳起來，輕輕把馬文老師推開，然後用力、重重地踩那條蛇。

眞是英勇的一踏！

幾秒鐘後，她撿起那條蛇，對馬文老師閃過一抹勝利的微笑。那條蛇被她踩成兩半了，她把它的頭給踩掉了。

「我哥一定會殺了我。」莫莉抱怨著。

「呃，至少我們嚇到了馬文老師。」夏琳放學後說道。她總是會努力往好的一面看。

「我眞不敢相信，他居然整個下午都試著要揪出是誰把蛇放進袋子裡。」阿帽說。

「寇特妮還是看不起我們。」我說，「你們覺得她會不會懷疑是我們幹的？」

「有可能。」阿帽回答，「我很慶幸我能離開現場。」

「馬文老師的尖叫眞的很好笑。」夏琳總結。

莫莉不發一語。我猜她大概還在想，如果她哥發現那條蛇不見了該怎麼辦。

我們幾個走到我家，大家都同意要開個會，擬定下一次該怎麼嚇寇特妮。

這句英文怎麼說

你們覺得她會不會懷疑是我們幹的？
Do you think she suspected us?

那天天氣很好，之前已經一連下了整個星期的雨。現在是南加州的雨季，但今天卻艷陽高照，萬里無雲。

大家都在想著我們是怎樣千鈞一髮逃過一劫，還有這次嚇寇特妮的計畫又有多失敗。我們失敗了，寇特妮又再次成了英雄。

「那條橡膠蛇根本就是個壞主意。」阿帽過馬路往我家這邊來時咕噥道。

「那還用說嗎？」莫莉邊翻白眼邊說。

「寇特妮永遠也不會上當的，」阿帽接著說，「我們需要拿點真的東西來嚇她，活的東西。」

「啥？要活的東西？」我問。

阿帽正要回答，一位女性的聲音打斷他。

我轉過身去，發現是我們的鄰居魯道夫太太朝我們跑來。她的一頭金髮亂七八糟的，面露擔心的神色。

「艾迪，拜託，你一定要幫幫我！」她哭喊道。

7.

我背後傳來一陣涼意，魯道夫太太的表情看來飽受驚嚇。

「怎、怎麼了嗎？」我結結巴巴地說。

她的手往天空方向一指：「你可以幫我嗎？」

「什麼？」我循著她的眼神方向望去，過了一會兒才意會過來，原來她指的不是天空，而是那邊的樹梢。

「是我的貓，呆呆。」魯道夫太太說，邊用手遮擋陽光，另一隻手仍往上指。

「我看到牠了，」阿帽說，「就在那個樹梢上，彎彎的那個。」

「我不知道牠是怎麼離開家裡的，牠從來就不會爬樹，也不知道牠是怎麼爬上去的，現在下不來。」魯道夫太太說。

這句英文怎麼說

我們都站在那兒看著那隻飽受驚嚇的貓。
We all stood staring up at the frightened cat.

我盯著那些茂密的枝葉看。沒錯，那是呆呆，爬得很高。牠發出害怕的低吼，爪子緊抓著搖搖欲墜的樹枝。

我們都站在那兒看著那隻飽受驚嚇的貓。

突然，我感到魯道夫太太將手放在我的肩上。

「艾迪，你可以爬上去幫我把牠帶下來嗎？」

我嚥了嚥口水。我可不是爬樹好手，事實上，我超討厭爬樹。

我總是被樹枝刺傷或是肚子被刮到之類的。

「拜託快點，呆呆嚇壞了，牠……牠要摔下來了！」魯道夫太太哀求道。

我心想：牠就算摔下來又如何？貓不是有九條命嗎？

不過我沒對魯道夫太太這麼說，我只是結結巴巴地說牠在的地方眞的很高。

「你不是很會爬樹嗎？」魯道夫太太說，「我的意思是，你這個年紀的男孩都會爬樹不是嗎？」

她的眼神不斷打量我，臉上滿是不以爲然。

我知道她覺得我是個膽小鬼。如果我不爬樹去救她的笨貓，她就會向我媽告狀，說我有多弱。然後所有鄰里都會知道：魯道夫太太請艾迪幫忙，他卻站在那裡像個膽小鬼一樣，找藉口不幫忙。

「我有點怕高。」我老實說。

「快上啊，艾迪。」阿帽催促我，「你可以的。」

那隻貓在我們頭上吵鬧地叫，像是小嬰兒在哭。牠的尾巴僵硬地豎起。

「你辦得到的，艾迪。」夏琳抬頭看著那隻貓說。

「拜託請快一點，如果呆呆有什麼三長兩短，我的孩子們會心碎的！」魯道夫太太懇求著。

我猶豫了，盯著那高聳又粗糙的樹幹。

那隻貓再次呻吟。我看到樹枝在晃。我看到那隻貓的腳奮力地抓著，好像快撐不住了。

接著，我聽到貓咪開始往下掉的慘叫聲。

8.

我們全都尖叫了起來。

樹枝上下擺盪，貓咪用前爪緊抓著樹枝，後腳激烈地在空中猛踢。

「喔不！喔不！」魯道夫太太不斷用手遮住眼睛說。貓咪驚恐地低鳴。

不知怎麼的，牠奮力在搖晃的樹枝上站直，然後再次嗚嗚叫，像人一樣哭。

魯道夫太太把手從眼睛前方放下，鄙視地看著我。「我想我還是請消防隊來幫忙好了。」

我知道我該爬上樹幹，但我真的很怕高啊！我又不是爬樹高手。

魯道夫太太一邊氣急敗壞地嘆氣，一邊往家中跑去。跑到一半時，我們聽到一個女孩在大叫：「怎麼回事？」

這句英文怎麼說

我有點怕高。
I'm a little afraid of heights.

寇特妮騎著她的紅色變速單車。她跳下來，車子倒在路邊。她穿著一件牛仔吊帶褲，裡面穿著一件亮黃色T恤。

「你們怎麼了？」她邊說邊跑向我們。

「我的貓……」魯道夫太太往樹上指。貓咪痛苦地叫著。

寇特妮往上看著那搖搖晃晃的樹枝。

「我來把牠帶下來吧！」寇特妮說。她手攀著樹幹，開始往上爬。那隻貓又在喵喵叫，差點又快掉下來。

寇特妮輕而易舉地用腳環繞樹幹往上爬，同時兩隻手快速地往上攀。

過了幾秒鐘，她爬上了那根樹枝，一隻手抱住貓咪肚子，將牠拉近自己，然後很有技巧地回到地面上。

「可憐的小貓咪。」寇特妮邊說邊輕撫貓咪，然後把牠交還給魯道夫太太。

寇特妮的白色牛仔褲和黃色T恤都沾滿了髒汙和樹皮屑。她的金髮上也黏到了綠葉。

「喔，太感謝妳了。」魯道夫太太激動地說，並把還在喵喵叫的貓咪抱入懷

這句英文怎麼說

是你在我的午餐袋裡放那條愚蠢的蛇嗎？
Was it you who put that dumb snake in my lunch?

中。「眞的很感謝妳，親愛的。妳眞是太棒了！」

寇特妮拍了拍沾在身上的汙泥，跟魯道夫太太說：「我喜歡爬樹呀！眞的很好玩。」

魯道夫太太轉過來看我，笑容立刻消失了。「我很開心這個鄰里內有人是勇敢的。」還做了個鄙視的表情。

她再次謝過寇特妮，然後便抱著貓咪進屋去了。

我感覺糟透了，眞想找個地洞鑽進去，希望自己永遠消失不要再出現了。不過我只是站在原地，兩手插在牛仔褲口袋裡。寇特妮站在那裡對我笑，臉上又掛著那種得意的微笑。

阿帽、莫莉和夏琳什麼都沒說。當我望向他們，他們都避開我的視線。我知道他們覺得我很丟臉，也很氣寇特妮又讓我們再次出糗。

寇特妮扶起她的腳踏車，坐上去準備離開，突然又轉過頭來對我說：「喂，艾迪，是你在我的午餐袋裡放那條愚蠢的蛇嗎？」

「當然不是！」我邊否認，邊用一隻腳踢了踢草叢。

她一直盯著我，用她那對碧藍色的眼睛打量我的臉。

我知道我臉紅了，我可以感覺到臉頰在發燙。但我什麼也不能做。

「我猜可能是你。」寇特妮說，邊把頭髮甩到肩膀後。「我猜也許你是想報復，你知道的，爲了那條青蛇的事。」

「才不是，」我嚷嚷著，「不是我，寇特妮。」

我的三個朋友開始侷促不安，阿帽故作輕鬆地哼起了歌。

終於，寇特妮抬起腳，踩著踏板上路了。

「我們一定要想辦法嚇到她！」寇特妮一離開視線，我就咬牙切齒地說，「我們一定要！」

「把蜘蛛放在她背上嚇她如何？」阿帽提議。

這句英文怎麼說

我的三個朋友開始侷促不安。
My three friends shifted uncomfortably.

計畫很簡單。自然老師多立傑在二樓的實驗室裡放了兩隻狼蛛。我跟阿帽打算禮拜二放學後偷偷溜進去。

我們會在前一晚先拿一隻放在我的置物櫃裡。

隔天早上朝會過後，我們都會去體育館。體育館有一個狹小的陽臺，是拿來放器材的。阿帽和我會帶著狼蛛溜進去。然後莫莉和夏琳會故意和寇特妮講話，引她站到陽臺下。

當寇特妮站到陽臺下時，我們其中一人就會把狼蛛丟到她的頭上。她一定會嚇得哭天搶地，然後狼蛛就會纏住她的頭髮，讓她怎麼甩也甩不掉。

此時她更會發瘋似地尖叫，然後我們就可以大肆嘲笑她一番了。

這麼簡單的計畫，我們肯定會成功的。

怎麼可能會有什麼差錯呢？

禮拜二放學後，莫莉和夏琳預祝我們好運。

阿帽和我走進穿堂，假裝在做我們的木工作業。其實我們是在等小朋友都離開這棟建築。

很快地，大廳都淨空了。我馬上走到門前，確認人都走光了。

「好了，阿帽，」我輕聲說，並注意他有沒有跟上來。「我們來搞定這事吧！」

我們躡手躡腳地進入大廳，鞋子與瓷磚地面磨擦，發出吵雜的聲響。這個穿堂沒人的時候安靜得有點可怕。

我們經過靠近樓梯口的教師休息室。門開了一道小縫，我可以聽到裡面有些老師正在開會。太好了，我告訴自己。如果老師們都在樓下開會，我們就能大咧咧地獨佔實驗室了。

我跟阿帽迅速跑上樓，我們倚著欄杆往上走，盡可能不發出任何聲響。

這句英文怎麼說

莫莉和夏琳預祝我們好運。
Molly and Charlene wished us luck.

實驗室在二樓大廳的盡頭。我們經過一些不認識的八年級生，除此之外並沒有看到其他人。看來那裡沒有老師在，或許他們都去開會了。

阿帽和我偷瞄了一下實驗室。夕陽的餘暉透過窗戶灑落下來。我們蹲低在整排長長的實驗桌下。

「多立傑老師？」

我只是要確認他不在這裡。結果沒人回應。

我和阿帽同時想擠過那道門，結果被卡住了。阿帽大笑，發出緊張且高分貝的笑聲。我把食指放在唇上比出「噓」的手勢，示意他安靜，我可不想讓任何人聽到我們的聲音。

阿帽跟著我來到長廊中間，我的心撲通撲通地跳，眼睛環伺四周。

陽光越來越刺眼了。我們畫的雨林水彩畫作就掛在多立傑老師的桌子後面。多立傑老師桌子旁邊的金屬工具櫃是打開的，我對阿帽指了指那道門。

「這表示他開完會後可能隨時會回來。」我小聲說。

多立傑老師有潔癖，他不會讓工具櫃的門整晚開著。

阿帽給了我一把鏟子。「我們最好動作快一點。」

「不要催我啦！」我嘟囔著。

我們一路來到狼蛛的籠子前，籠子就放在靠牆的一張鐵桌上。它其實是個繞著鐵網的長方形木箱。

一陣啪啪聲讓我在籠子前停了下來。我喘了一口氣，回頭看阿帽：「那是什麼聲音啊？」

那個聲響又來了，我們才發現那是身後的百葉窗被風吹而產生的碰撞聲。

我鬆了一口氣，與阿帽面面相覷。

他緊張地順了順他額頭上的棒球帽簷。

「艾迪，也許這不是個好主意，」阿帽小聲地說，「也許我們該離開這兒。」

我很想同意他說的話，轉身狂奔出門。但我想起了寇特妮救貓爬下樹時的冷笑。

「我們還是按照計畫進行吧！」我說。我真的很想嚇嚇寇特妮，這是我現在最想做的事了。

這句英文怎麼說

也許這不是個好主意。
Maybe this isn't such a good idea.

我和阿帽透過網子看向裡面的兩隻狼蛛。比較大的那隻正沿著籠子的一邊爬行，另一隻比較小的棕色狼蛛則一動也不動地坐在另一頭。

「好噁喔，」我小聲地說，「牠們真的很噁心耶！」

狼蛛身上長滿了毛和刺，身體看起來像是毛茸茸的棕色麻布袋。

「我們抓比較大的那隻吧！」阿帽催促著，把手伸向蓋子，臉上露出一絲微笑。「我會讓牠不偏不倚地掉在寇特妮的頭上！」

我們都笑開了。阿帽故意模仿狼蛛掉下去的聲音。

阿帽緩緩打開網蓋，伸出一隻手去抓那隻大狼蛛。然後他突然愣住了，臉上的笑容也立刻消失。

「我們有個小問題。」

「嗯？什麼問題？」我緊張地往後看了一下門那邊，那邊空無一人。

「我們要把牠裝在哪裡啊？」阿帽說。

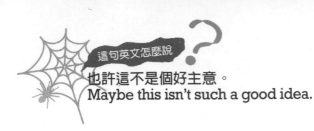

我傻眼了。「喔！」

「我們忘了帶東西來裝牠了。」阿帽說。他把籠子倒過來，兩隻狼蛛現在慢慢互相靠近。

「沒錯，嗯，我們得找個袋子什麼的。」我邊說，眼睛邊搜尋桌面。

「拿袋子裝不好，狼蛛會抓破袋子爬出來。」他皺著眉說。

「喔對，你說的沒錯。」

「我們之前怎麼沒想到？」阿帽氣急敗壞地說，「我們怎麼那麼笨！我們怎麼這麼搞不清楚狀況，總不可能直接把狼蛛放在背包裡到處走吧！」

「冷靜點。」我要阿帽小聲點。我看得出來他開始慌了。

「這裡一定有能夠裝狼蛛的東西。」

「真是太蠢了。」阿帽還在碎念，「你覺得我要放在口袋裡嗎？」

「等等，」我跑到隔壁桌拿起一個塑膠容器，大概是裝茅屋起司的那種大小，上面還有一個塑膠蓋。「這太完美了！」我小聲說，把塑膠容器拿起來在他眼前晃一晃。「我只要在蓋子上面戳一些洞就好了。」

「快點！」阿帽催促。他脫下帽子抓了抓他的黑髮。

我用鉛筆在上頭戳了幾個透氣孔，然後走到籠子前。

這句英文怎麼說

我很佩服。
I was impressed.

「喏，拿去。」我把塑膠容器拿給阿帽。

「你得拿著，我無法一手拿著塑膠容器一邊又去抓狼蛛。」

「喔。」我不情願地回應。我真不想靠狼蛛那麼近。

我的手開始有點抖，準備等阿帽把那醜東西放出來時，立刻掀開蓋子讓牠掉進去。阿帽打開蓋子，把手伸進籠子裡，他真勇敢。

他把手環繞在那隻大蜘蛛的身體上，輕而易舉地把牠拿出來，毫不猶豫，甚至也沒做出什麼噁心的表情。我實在很佩服。

當他把狼蛛放進去時，我差點掉了塑膠容器。我的手抖得很厲害，但我還是努力抓好。

那隻狼蛛開始瘋狂地亂竄，張牙舞爪地在光滑的塑膠容器表面上跑來跑去。

「牠不喜歡待在裡面。」我顫抖地說。

「太可惜了，」阿帽邊說邊關上籠子的蓋子。「快點，艾迪，把蓋子蓋上。」

我慌亂地把蓋子蓋上，正當我要把東西放好時，聽到門外傳來了腳步聲和人聲。我跟阿帽發現多立傑老師快進來時，兩人都倒抽了一口氣。

10.

我發出微弱的嘶啞聲。明亮的陽光突然間顯得刺眼，地板好像在搖晃，我感到恐懼正如千斤重般襲來，吞噬著我。

這時我聽到實驗室外多立傑老師正與另一位老師在交談，接著他走進來，然後……然後……

「快！躲到桌子下！」阿帽嚇得兩眼無神地輕吼著。

我跟著他一起躲進桌下，但我馬上意識到這並不是個躲藏的好地方，當多立傑老師來到他的桌前，就會發現我們。

「不！這裡不好！」我嘟噥著。「這裡不好！」我快速環視教室四周，尋找哪裡可以躲藏。

這句英文怎麼說

我跟著他一起躲進桌下。
I started to follow him under the table.

「儲藏櫃！」說完，我立刻抓著阿帽的手臂往儲藏櫃衝。

我們互相協助爬進櫃子裡，這個大鐵櫃足夠我們兩人同時躲進來。

當多立傑老師進門時，我順勢將櫃門關上。我和阿帽全身顫抖地躲在這漆黑的儲藏櫃裡，聽著腳步聲慢慢逼近，我緊抓著那只裝著狼蛛的盒子。

這時，多立傑老師哼著歌，走到儲藏櫃前停了下來……我的心臟加速跳動，心想多立傑老師是否也聽得到我的心跳聲。儲藏櫃裡的空間小到讓我跟阿帽動彈不得，只聽得到他的呼吸聲，想必他也很害怕被老師發現。

如果多立傑老師打開儲藏櫃該怎麼辦？我心想著。

拜託、拜託……趕快把燈關了，回家吧！我暗自祈禱著。

安靜的實驗室內，可以清楚聽到多立傑老師在他座位整理文件的聲音和抽屜開闔的聲音，一會兒，他將書本闔上，走到實驗桌的水槽打開水龍頭洗手，關燈離去。然後又是一陣寂靜……

歌聲與腳步聲逐漸消失在這一片寂靜中，僅剩下我的心跳聲仍清晰地響著。

我和阿帽一動也不動的佇立在漆黑的儲藏櫃裡，並再次確認多立傑老師是否已離開。

「他……他離開了……」我結結巴巴地說，「阿帽，他離開了！」

「呼……」阿帽深深鬆了一口氣。

「我們快離開這兒！」我一邊找門把一邊說著。

黑暗中我的雙手沿著儲藏櫃的門緩慢地摸索著，我觸碰到一個長形的金屬物並將它往上拉起，但它卻無法移動。

「喂！」我大叫一聲，繼續摸著門，試圖找到門把開關。

「快打開這門！這裡面越來越熱了！」阿帽抱怨地叫。

「我知道！但我……我找不到門把的開關啊！」

「我來試試！」阿帽不耐煩地說，一邊推開我的手，然後開始觸摸那門把。

「這裡應該會有個門閂或什麼可以開的東西！」我咆哮著。

「哈，你的建議眞有幫助！」阿帽不以爲然地說，開始用手敲打儲藏櫃的門。

我抓住他的手臂企圖阻止他，「住手！這樣做門也不會打開的！而且你會被人發現！」

這句英文怎麼說

這裡面越來越熱了！
It's getting hot in here!

「那……你再試試看。」阿帽微弱的聲音聽起來充滿恐懼。

我吞了口口水，卻突然感到難以下嚥，感覺心臟好像堵在喉嚨裡似的。

我瘋狂地摸索著所有能抓住的東西，但就是找不到能打開門的東西。

「我放棄了……阿帽……我們被鎖住了！」我虛弱地說。

「我不相信！」阿帽喃喃自語地說著。

感覺手中的容器正在滑落，我改用兩手將它捧著，但就在這時，我發現一件驚人的事——蓋子掉了！

「噢，不！」我叫了出來。

「又怎麼了？」阿帽問。

我故作鎮定地吸了一口氣，輕搖容器，感覺容器是空的，狼蛛不見了！

當我想要告訴阿帽這可怕的事情時，我的喉嚨像是噎到似的無法出聲，有種刺刺的感覺在我腿上蔓延，越來越強烈！

「阿帽！是狼蛛！」我大叫一聲。

「牠爬到我的腿上了！」

11.

牠的刺又往我腿上挪了些。

我可以感覺到牠溫暖又毛茸茸的身體掠過我的皮膚。

「牠……牠要咬我了！」我結結巴巴地說：「我知道牠要咬我了！」

「別動！」阿帽建議，但聲音聽起來比我更害怕，「千萬……別動！」

牠尖銳的腳踩上我的皮膚。

「我……我要離開這兒！」我再也受不了而尖叫，沒有想太多，我放低肩膀，並將全身重量壓在門櫃上。

伴隨響亮的碰撞聲，櫃子居然打開了。

我重心不穩地跌出櫃外，落地時一聲驚恐的叫聲從我嘴裡迸了出來，塑膠容

這句英文怎麼說

我抓起容器趕到他身邊。
I grabbed the container and hurried over to him.

器從我的身邊滾過。

我用力呼吸，掙扎著爬起來，然後開始瘋狂踢腿，狼蛛被我甩到地上，開始在地毯上亂竄。

「抓住牠！抓住牠！」我尖叫。

阿帽立刻從櫃子裡跑出來，在狼蛛後面搖搖晃晃地跟著，我抓起容器趕到他身邊，阿帽將牠高高舉起到空中，牠毛茸茸的腿不斷踢著、蠕動著，可是阿帽沒有放手。他把那醜陋的東西塞進容器裡。

「這次蓋上蓋子。」他警告我。

「不用擔心。」我呻吟道，手仍在顫抖，但我將蓋子鎖緊，並再三檢查。

過了一會兒，阿帽跟我下樓將狼蛛鎖在我的置物櫃裡保管，雖然知道牠並沒有咬到我，可是我仍感到腿在發癢。

「嚇死我了！」阿帽說，「真的嚇死我了。」

「這表示我們計畫的其他部分將完美無缺。」我向他保證。

第二天早上九點前，阿帽跟我又再次躲了起來，這次我們躲在能俯瞰運動場的狹窄陽臺上。

當班上其他同學在更衣室換穿運動服時，我跟阿帽溜了出來，阿帽的運動服裡藏著裝有狼蛛的容器，我們立刻跑到陽臺上。

整個晚上我們四人都不斷在通電話，以確保計畫能順利執行。事實上，這也眞的是一個簡單的計畫。

莫莉和夏琳要做的就是讓寇特妮站在陽臺下，然後阿帽將狼蛛放進她頭髮裡，接著，我們只需要站在一旁看她不斷尖叫、哭泣，像個笨蛋一樣。

就是這麼簡單。

「如果寇特妮完全沒被嚇到怎麼辦？」莫莉在電話中問我，「假如她只是冷靜地從頭髮裡抓出狼蛛，然後問是誰掉了一隻狼蛛呢？」

「不可能，」我回答，「寇特妮很冷靜，但她沒有那麼冷靜！她一定會因爲頭髮裡的蜘蛛失控尖叫，如果她沒有，那她一定不是人，也許是雕像或什麼的。」

「準備好了嗎，阿帽？」我問，一邊凝視著陽臺的另一側。

阿帽注視著下方的排球網，愼重地點了點頭，他小心翼翼地打開蓋子，狼蛛

這句英文怎麼說？

如果寇特妮完全沒被嚇到怎麼辦？
What if Courtney doesn't get upset?

伸長了其中兩隻腳，像是要抓住他。

我聽見下方有動靜。幾個女孩從更衣室出來走到運動場上。

其中一個女孩撿起一顆排球並在籃下跳投，球擦過籃框邊緣後反彈。

「蹲下，你會被她們看到！」阿帽悄聲說。

我把頭壓低，陽臺上開始熱了起來，比運動場的地板還熱，我開始流汗。

我們都跪了下來，阿帽雙手抓緊他身前的狼蛛容器。

我能聽見樓下傳來更多聲音，有幾個男孩也走了出來，他們正在運球並互相傳球給對方。

「你看到寇特妮了嗎？」阿帽低聲說。

我把身體稍微抬高了點，偷偷往下瞄，「看到了！」

在莫莉和夏琳之間是寇特妮。她們正興奮地談論著，可是我聽不到她們在說什麼。寇特妮在搖頭。我看見她笑了，然後又搖了搖頭。

她穿了件寬鬆的紫色T恤，紫色緊身褲外搭了件白色短褲，金色的頭髮紮成一個鬆散的馬尾垂在身後。

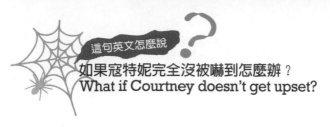

一個完美的目標，我興高采烈地想。

我對阿帽笑了笑，我覺得勢態很好，非常非常好。

我抬起眼越過排球網，看到體育老師盧梭先生，他正站在門口和另一位老師談話。

很好，我想。在我們嚇完寇特妮前，我可不希望盧梭老師吹哨並開始排球比賽。在這同時，莫莉和夏琳依舊在聊天——中間夾著寇特妮，她們不停地後退、後退，直到幾乎退到那個位置。

「再過去幾步，寇特妮得退到陽臺下！」我小聲對阿帽說，「快成功了，阿帽，快成功了！」

我很興奮，我覺得快要爆炸了，汗珠從額頭滑入我的眼睛，我抓起袖子把它們擦掉，然後往下看。

太棒了！莫莉和夏琳做到了，她們帶著寇特妮退到了陽臺正下方，她們三個正站在我們下面。

太完美了！

這句英文怎麼說

我覺得快要爆炸了。
I felt like I was about to burst.

「阿帽，就是現在。」我說。

阿帽完全沒有浪費一秒鐘猶豫。這太完美了，太、完、美、了。

阿帽盯著正下方的三個女孩，他把手伸進容器裡抓起毛茸茸的狼蛛。然後他讓自己稍微高過陽臺邊緣，把狼蛛放在邊邊，小心翼翼地讓牠掉下去。

12.

阿帽和我都趴在陽臺上看著狼蛛掉下去。

當牠「噗」一聲降落在莫莉頭髮上時，我跟阿帽都放聲尖叫。

「阿帽，你失誤了！」我尖叫道。

但莫莉叫得更大聲，她的眼睛睜得超大，臉脹得像番茄一樣紅，用盡全身力氣放聲尖叫。同時，她的手在空中上下揮舞，像是在跳一種奇怪的舞蹈。

許多同學都被這一幕嚇到，露出疑惑的表情。

「莫莉怎麼了？」有些同學叫道。

「她爲什麼會這樣？」

「發生什麼事了？」

這句英文怎麼說

阿帽怎麼能錯失那麼好的機會？
How could Hat have missed such an easy shot?

爲了看清樓下的狀況，我整個人斜掛在陽臺上，差點和狼蛛一樣掉下去。

可憐的莫莉，她正瘋狂扯著頭髮跳來跳去，終於，她成功地從她深色頭髮裡抓出那隻狼蛛，我也因此鬆了一口氣。

她手上抓著牠，仍舊尖叫著，然後將牠甩向夏琳，阿帽已經開始在我旁邊的陽臺上大笑。但我太沮喪了，實在是笑不出來。

阿帽怎麼能錯失那麼好的機會？

這下換夏琳發出足以穿透運動場的尖叫，她把狼蛛從一手丟到另一手，然後狼蛛掉到她腳邊的地板上。

夏琳整個人往後跳開一大步，雙手放在臉頰邊放聲尖叫。

體育課上的同學三三兩兩的聚在一起，有的孩子看起來很困惑，有的則開始大笑，幾個女孩子試圖安慰莫莉，她的頭髮整個被嚇直了。

「喔、哇！喔、哇！」阿帽邊搖頭邊重複著，「喔、哇！」

雙手扶著陽臺邊緣，我看見寇特妮彎下腰，輕輕地將狼蛛從地板上撿起來，並把牠放在掌心，嘴裡念念有詞像是在安撫牠。

當寇特妮將狼蛛舉至她臉旁，其餘孩子在她身邊安靜地圍成一圈看著狼蛛。

「這只是隻狼蛛。」寇特妮用手指撫摸牠毛茸茸的背部說，「狼蛛一般是不太會咬人的，就算咬了，那也不會很痛。」

其他孩子再度竊竊私語，說寇特妮有多勇敢，而莫莉和夏琳則在圈圈的最外圍互相安慰。夏琳幫莫莉整理她的頭髮，莫莉仍舊全身在發抖。

「這隻狼蛛從哪來的？」寇特妮問。

我看見莫莉憤怒地盯著我們，向我們揮舞著拳頭，我則立刻躲向她視線無法看到的陽臺牆後。

「這計畫執行得不太順利。」阿帽喃喃道。

他可眞會輕描淡寫啊！

我們還沒意識到災難還沒結束。

「我們快離開這兒！」我說。

太晚了。我們看到盧梭老師站在陽臺入口非常生氣地盯著我們。

「你們兩個在這做什麼？」他語帶懷疑地問。

這句英文怎麼說

這計畫執行得不太順利。
The plan didn't work too well.

我看向阿帽，他也正面無表情地看著我。我們都還沒想好說詞。

「都給我到樓下去，」盧梭老師幫我們拉開門，平靜地說，「我想我們需要好好談談。」

看樣子情況還不算太糟，我心想。

確實，阿帽跟我必須在接下來的兩週裡，每天放學後留下來打掃科學實驗室。此外，我們還得撰寫有關爲何竊取活生生的生物，並將牠放在別人頭上是不對的悔過書。

當然，莫莉和夏琳都不跟我們說話了。但情況還不算太糟。

我是說，假設我跟阿帽仍舊被關在置物櫃裡，那會更糟糕不是嗎？

那天下午稍晚時，我癱在床上悶悶不樂地想著體育課跟我們的計畫，我心不在焉地想，都是寇特妮的錯，一滴眼淚滑進我的床單中。

寇特妮一定在最後一秒時移動了一點，她一定動了，否則阿帽不會瞄不準。

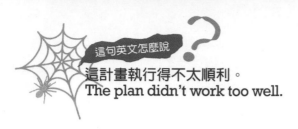

我再次嘆了口氣，想到寇特妮平靜地從地上抓起那隻狼蛛並撫摸牠。

「這只是一隻狼蛛。」她帶著無比自信、優越的表情說出這句話，「這只是隻狼蛛，牠不太會咬人的。」

爲什麼牠不乾脆咬她的手？這樣她就無法露出那麼自以爲是的表情。爲什麼她要那麼勇敢？

寇特妮眞該爲她的機智感到害怕，我不高興地想。

我將床罩弄出一道裂口，最終演變成一道大裂口。

她眞該被嚇壞的。但是現在呢？

我垂頭喪氣地坐在床緣，甚至沒有意識到自己在亂抓床罩。

我再次幻想阿帽將狼蛛落下，而牠也再度落在莫莉頭上。

不！不！不！我又看到莫莉開始抓狂、憤怒地跳來跳去。

當我意識到我不再孤單後，不愉快的畫面突然從腦海消失。

我抬起頭看向門口，一個巨大且瘦弱的怪物搖搖晃晃地朝我走來，它的臉上正滴著深色的血，這畫面讓我幾乎喘不過氣來。

這句英文怎麼說

為什麼她要那麼勇敢？
Why did she have to be so totally brave?

13.

那隻高大的怪物俯身走向我，手臂往前伸，作勢要來抓我。

「凱文——走開啦！」我叫道，「你身上的泥巴把我的地板搞得到處都是！」

我哥哥凱文放下雙手。

「這才不是眞的泥巴，是化妝化出來的好嗎？」他說。

「我不管，」我尖叫道，從床上跳起來朝他的肚子揍了一拳。「泥巴掉得到處都是！」

他笑了。「被我嚇到了是吧？」

「才沒有！」我嘴硬，「我早就知道是你。」

「你以爲是泥怪。」他邊說邊齜牙裂嘴地笑著，那些濃稠的橘褐色泥巴從他的臉上流下來。「承認吧，臭小子。」

我討厭他叫我臭小子，我想正是因爲如此他才這樣叫我。

「你看起來一點也不像泥怪！只不過像是一團垃圾！」我激動地說。

「今天下午我們成功嚇到了幾個經過森林裡的小朋友，」凱文得意地說，「你眞該看看他們臉上的表情。我們跑向他們時一邊怪叫，有兩個人還被我們嚇哭了。」他笑得很賊。

「幹得好。」我沒好氣地說。我在房門口又再次給他一拳，雙手沾滿了那些濃厚的假泥土。

「我的影片快拍好了，」他對我說，還故意用我打開的筆記本擦手，他看了看那些沾在我作業上的深色污漬，「影片完成後，我或許可以借你看看。」

「離我的東西遠一點，凱文！」我生氣地說。

隨即我又想到要請他幫忙的事，於是改變了我的語氣。

「我可以在影片裡參一腳嗎？」我懇求，「拜託啦，你說過我可以參與的，記得嗎？」

這句英文怎麼說

離我的東西遠一點。
Get away from my stuff.

「喔喔，不行唷！」他搖了搖頭。「你會嚇得半死，艾迪。」他重複說著，並且隔著臉上厚重又濕潤的假泥土抓了抓額頭。

「只和泥怪在又深又陰暗的叢林裡走來走去，你鐵定會崩潰，你絕對會崩潰的。」

「喂！」我生氣地叫道，「不好笑，凱文。你答應過我的——」

「不，我沒有。」凱文堅稱。一大塊假泥土從他的肩膀上掉下來，弄髒了地面。

「哇，你得把這裡清乾淨。」他邊說邊露出邪惡的笑容。

「我要讓你吃下去！」我憤怒地雙手抱胸說著。他只是瘋狂大笑。

我突然有個想法。

「凱文，你可以幫我個忙嗎？」我若有所思地問。

「應該不行唷。」他還是繼續笑著。「是什麼事？」

「你有什麼嚇人的好點子嗎？」我問道。

他瞇起眼睛看著我，然後指了指自己身上的橘褐色假泥土。「這還不夠嚇人嗎？」

「不，我是指還有沒有其他方法可以嚇到人。」我思索著要怎麼解釋。我決定把所有一切直接說出來。

「我跟我的一些朋友想要去嚇一個叫寇特妮的女孩。」

「爲什麼？」凱文問道，一邊把一隻手放在我的衣櫥上方。

「你知道的，純屬好玩。」我這麼告訴他。

他點點頭。

「但是我們完全沒辦法嚇到她，」我繼續說，「我們試過很多方法都搞砸了。」

我又沉入我的床上。

「你們試過什麼方法？」凱文問。

「喔，很多啊，例如用蛇和狼蛛。但她都沒被嚇到。」我說。

「都太小了，」他說，一邊從衣櫥那裡走過來。我可以看到他在那裡留下了一塊褐色污漬。

「啥？什麼叫『太小了』？」我問。

「太小了啦，」他又重複了一次，「你們拿來嚇她的東西太小了，你們應該

這句英文怎麼說

你們應該要拿大一點的東西來嚇她。
You've got to scare her with something big.

要拿大一點的東西來嚇她。你知道的，像是比她人還大的東西。」

我在想他說的是什麼。聽起來好像還滿有道理的。

「你說的大是要多大？像大象一樣大？」我問他。

他皺著眉搖搖頭。「艾迪，你要上哪兒去弄一頭大象？我是說像大狗之類的，你知道，那種大型的獵狗。」

「一隻狗？」我搔了搔頭。

「沒錯。想想看，這個叫寇特妮的女孩正走在大街上或森林裡，突然聽到憤怒的咆哮聲，結果一看，發現有一隻兇猛的狗，張大嘴巴，齜牙裂嘴的，在後面追著她跑。這絕對會讓她嚇破膽，無庸置疑。」

「這點子還不賴，」我邊思考邊說，「真的還不賴耶，你真是個天才，凱文。」

「那還用說嗎？」他回答。

他轉身離開房間，拖曳出一道污痕。

一隻又大又兇的狗，嗯……

我在腦中構思著畫面，想像牠在月光下抬起頭嚎叫，像狼一樣。然後寇特妮渾然不覺地走在漆黑的路上，聽到一陣低吼的聲響。

她停下腳步，眼睛恐懼地睜大，好奇那是什麼聲音。

那是世界上最大、最兇惡、叫聲最淒厲、最憤怒的狗。牠的眼睛是紅色的，張開牠那血盆大口，露出滿口的牙。

牠發出一聲足以掀了地球的嚎叫，飛奔到寇特妮的喉嚨前。

寇特妮大叫救命，然後轉身拔腿就跑！拚命地跑。哭喊顫抖得像個被嚇壞的嬰兒。

「嘿，小子。」我對那個兇猛的野獸說。

那隻狗停了下來，轉身快步走向我，尾巴一直搖。

當那隻狗溫柔地舔拭我的手，寇特妮還在哭，並且全身發抖。

「牠只是隻狗罷了。」我這麼對她說。「狗狗又不會傷害妳，除非牠們感覺到妳在害怕！」

我從床上跳起來哈哈大笑。*這點子絕對值得一試*。我興奮地想著。

現在要做的，就是想想我認識的人之中，誰有一隻兇猛碩大的狗？

這句英文怎麼說

寇特妮大叫救命。
Courtney cries out for help.

14.

星期六的午後，我們都在夏琳家的後院，一起試玩她爸新買給她的槌球。那是灰濛濛的一天，烏雲遮蔽了陽光，在後院的草地上投射出長長的暗影。隔壁電動除草機的聲音讓人有些聽不清楚。我在告訴莫莉、夏琳還有阿帽有關我哥說的那個嚇人點子。

「一隻又大又兇猛的狗眞的可怕多了！」阿帽迅速附和。他向綠色的球揮了揮槌桿，把我的球送進了圍籬。

莫莉皺著眉頭。她還沒原諒我那隻狼蛛的事，即便我跟她道過無數次歉了。她整理了一下塞到黑色短褲裡的黃T恤，準備下一個上場。

「我們需要看起來眞的很兇惡的狗。」莫莉說。她用力擊球，球沒進球門，

彈到木樁上。

「我猜我的狗狗——小黃花就做得到。」夏琳道。

「什麼？小黃花？」我驚呼，「不要鬧了，小黃花可是個可愛的大呆子，牠連蒼蠅都嚇不了。」

夏琳露出嘲諷的笑容。「牠做得到！」她再次說。

「喔，是喔，」我邊說邊翻白眼，「牠還眞兇猛啊，難怪妳會給牠取這麼可怕的名字——小黃花。」

「該你了。」莫莉對我說，一邊指著圍籬邊的球。

「這遊戲還眞無聊！」我抱怨，「怎麼會有人喜歡玩這個？」

「我喜歡。」阿帽說。因爲他快贏了。

夏琳把手放在嘴前圈成杯狀大叫：「小黃花！小黃花過來，你這頭兇猛的野獸！」

幾秒鐘後，那隻大型的聖伯納犬便從房子另一邊跑向我們，牠毛茸茸的白尾巴奮力地搖著，跑過來時整個身體都在左搖右晃，還伸出舌頭流口水。

該你了。
It's your turn.

「喔，我好怕喔，我眞的好怕喔。」我諷刺地叫道。

我拋下槌桿，雙手環抱自己，假裝自己嚇得發抖。

小黃花忽視我的存在，跑到夏琳那舔她的手，還發出像貓咪一樣微小的呼嚕聲。

「喔，牠還眞是個硬漢。」我說道。

阿帽跑到我旁邊，順了順他的棒球帽。

「牠是隻又大又可愛的聖伯納，夏琳。」阿帽邊說邊俯身抓抓那隻狗的耳後。

「牠並沒有很嚇人。我們需要的是一隻巨狼，或是一隻六英尺（約一八三公分）高的杜賓犬。」

小黃花把牠的大頭轉過來舔阿帽的手。

「好噁！」阿帽做了個作嘔的表情，「我討厭愛舔人的狗。」

「哪裡可以找到眞的能攻擊人的狗？」我問，一邊把槌桿撿起來靠在邊上。

「我們有認識養看門狗的人嗎？像是又大又醜的德國牧羊犬？」

夏琳臉上又露出輕蔑的笑容，好像她知道什麼我們不懂的事情一樣。

「給小黃花一個機會吧，」她溫柔地說，「也許你們會感到驚訝的。」

浮雲再次掠過太陽。

當陰影經過草地時，空氣突然變冷了。

圍籬另一頭的除草機嘎然而止，後院突然變得異常安靜。

小黃花躺在草地上滾來滾去，毛茸茸的爪子在空中揮舞著。

「這點子並不高明，夏琳。」阿帽大笑道，「這隻狗看起來超蠢的。」

「我還沒叫牠表演給你們看咧，」夏琳回答，「看著吧。」

她轉向狗狗那邊，吹了幾聲口哨，是那種沒什麼特別旋律，音調很平的口哨。

一聽到夏琳的口哨聲，那隻聖伯納犬立刻站起來，整個身體變得僵直，尾巴和耳朵都豎起來。

夏琳繼續吹口哨，聲音又尖又細。

正當我們驚訝地看著這一切時，小黃花開始吠了。牠的叫聲像是從丹田發出來的，既憤怒又兇猛。

牠露出牙齒大聲吠叫，叫聲變得非常兇猛，眼神也變了。

牠的頭往上仰，做出準備攻擊的姿態。夏琳吸飽了氣，又再吹了一次口哨，眼神緊盯著那隻正在吠叫的狗。

「小黃花，攻擊艾迪！」夏琳突然大叫，「攻擊艾迪！上！上！」

這句英文怎麼說

小黃花開始吠了。

Buttercup began to growl.

15.

「不——！」我怕得往後倒向籬笆。那隻狗發出警告的叫聲，接著想跳上來攻擊我。

我舉起手臂想要擋住牠迎面而來的攻擊。

過了一會兒，當我慢慢放下手臂時，我看到夏琳雙手環繞著那隻狗的脖子，臉上掛著愉悅的笑容。

小黃花轉過頭去，在夏琳的額頭上舔拭著。

「嚇到你了吧，艾迪！」夏琳說，「這是爲了報狼蛛那件事的仇！」

「幹得好，夏琳！」莫莉大笑。

「哇喔——」我虛弱的歡呼。我的心跳都快停止了。整個院子在我眼中天旋

這句英文怎麼說

你是怎麼教他的？
How did you teach him that?

地轉。

「這招不錯耶！」阿帽跟夏琳說，「妳是怎麼教牠的？」

「我沒教，」夏琳邊說邊抱了狗狗一下，然後就讓牠離開了。「這其實是誤打誤撞啦，有一天我剛好在吹口哨，然後小黃花就突然失控了，開始對著我吠叫，露出牠的牙齒。」

「我猜牠是討厭妳吹口哨的聲音。」我說，此時我受到驚嚇的心情已經慢慢平復下來了。

「不管誰吹口哨的聲音牠都討厭，」夏琳回答，一邊拍了拍她牛仔短褲上的狗毛。「或許那聲音對牠來說很刺耳吧，我也不知道。不過你們也看見了，只要有人吹口哨，牠就會失控。」

「太好了！」阿帽歡呼。

「牠絕對能嚇到寇特妮。」莫莉說。

我們看著那隻狗慢吞吞地走開了，舌頭伸出來，差點碰到地。牠在花圃那邊到處東聞西嗅，然後就消失在房子的另一頭。

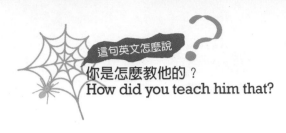

「可憐的狗狗，牠討厭加州，害牠每天都很熱，但是當我們要從密西根搬過來時，又很捨不得跟牠分開。」夏琳邊搖頭邊說。

「很高興妳沒有，我們現在才終於能把寇特妮嚇得半死。」我興奮地說。

莫莉輕輕地槌了槌球，臉上露出擔心的表情。

「我們不會傷到寇特妮吧？」她問，「我是說，小黃花不會真的攻擊她吧？如果牠真的失控的話……」

「當然不會，」夏琳很快答道，「只要我口哨聲一停，牠就會停止咆哮。真的，只要口哨聲停止，牠馬上就會恢復原本那種溫馴的模樣。」

莫莉看起來鬆了一口氣，她把球打進球門，然後用槌桿把它往後推。

我們都對槌球比賽失去了興趣。一心計畫著怎麼讓小黃花去嚇寇特妮，這比球賽還令人興奮。

陽光從雲層的縫隙中透出，剛修好的草坪閃耀著灑落的光線。我們丟下槌球，跑到院子正中央葡萄柚樹的陰影下。

「我們應該在森林裡嚇她，在她和丹妮絲在泥溪那邊蓋的樹屋那裡。」我建

這句英文怎麼說

我們都對槌球比賽失去了興趣。
We had all lost interest in the croquet game.

議，一邊躺在草地上滾來滾去。「那是絕佳的地點。只有她和丹妮絲兩個人待在森林裡，突然一隻兇狠咆哮的狗撲到她們身上，她們兩個會尖叫個沒完！」

「沒錯，那樣很好，」阿帽附和。「森林裡有很多地方可以讓我們躲著看好戲，夏琳可以躲在樹叢或藤蔓後面大聲吹口哨。我們都躲起來，寇特妮也不會知道是誰幹的好事。」

莫莉盤腿坐著，若有所思地咬著下唇。她推了推眼鏡說：「我覺得這樣不好，如果不是在一群人面前嚇她，這樣就不好玩了。如果我們在四下無人的森林裡嚇她，誰會在乎啊？」

「我們在乎啊！」我爭論，「我們都會看到，這才是最重要的！我們會知道自己終於成功把她嚇倒了。」

「也許我們還可以跳出來大喊：『嚇到妳了吧！』之類的，讓她知道這一切都被我們看到了，接下來這件事就會傳遍全校，所有人都會知道了。」夏琳興奮地補充道。

「我喜歡！」阿帽大叫。

「我們要什麼時候做？」莫莉問。

「現在如何？」我邊說邊跳起來。

「什麼？現在？」夏琳很驚訝。

「爲何不？」我說，「我們現在就去做啊，搞不好她們剛好就在樹屋那邊。她們週末常常待在那裡，你們知道的，去那邊閒聊還是看書什麼的。」

「好耶，我們走！」阿帽跳起來，拍了拍我的背，「我們走吧！」

「我去拿小黃花的牽繩，」夏琳說，「我想也沒什麼好等的了。」她轉身對莫莉說。

「我有個更好的點子，」莫莉說，一邊撥了撥棕髮上的雜草。「我們去森林前，先確認寇特妮是不是在樹屋裡。」

「啊？怎麼確認？」我問。

「簡單啊，」莫莉說，她開始學丹妮絲的語氣：「嗨，寇特妮。我們幾分鐘後在樹屋見好嗎？」

太驚人了！她的語氣聽起來就像丹妮絲！

這句英文怎麼說

我真不知道你這麼有才華。
I didn't know you were so talented.

我們全都面露欽佩的眼神看著她。

「莫莉啊，我眞不知道妳這麼有才華。」夏琳邊說邊大笑。

「我一直都在練習啊，」莫莉說，「我會模仿各種聲音，我很擅長。」

「莫莉，也許妳長大後可以去當卡通配音員！」我建議。

「妳可以當達菲鴨。反正妳的聲音已經很像了。」阿帽笑道。

莫莉對我伸了伸舌頭。

「我們去裡面打給寇特妮吧！」夏琳很急地說，並將門打開。「如果她不在家，大概就會在樹屋那裡。那我們就可以帶小黃花去那裡。如果她在家，那莫莉就扮成丹妮絲叫她去樹屋那裡碰面。」

我們擠進廚房。夏琳把廚房電話交給莫莉，然後她就按擴音讓我們都聽到。

莫莉撥了寇特妮的電話號碼，我們都屏氣凝神聽著電話聲響。

電話響了一聲……兩聲……

寇特妮接起了電話。

「喂？」莫莉努力裝出丹妮絲的聲音，「嗨，寇特妮，是我。」

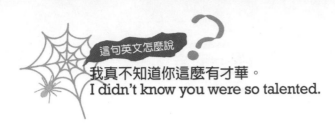

她真的很會裝，聽起來真的很像丹妮絲的聲音。我覺得搞不好連丹妮絲的媽媽都分辨不出來。

「妳能在樹林裡跟我碰面嗎？妳知道的，就是樹屋那裡。」莫莉用丹妮絲的聲調說。

「妳說妳是誰？」寇特妮問。

「是我啊——丹妮絲。」莫莉回答。

「真是怪了，」寇特妮的回話我們聽得一清二楚。「妳怎麼可能是丹妮絲呢？丹妮絲就站在我旁邊啊！」

這句英文怎麼說

你能在樹林裡跟我碰面嗎？
Can you meet me in the woods?

16.

「喔對不起，我打錯了！」莫莉說，然後迅速掛掉電話。

打給寇特妮真是個壞主意。

我們的計畫根本行不通。

不過小黃花一定可以嚇倒寇特妮。我們只要抓準她去樹屋的時機就行了。

隔天是禮拜天，天空下著雨。

我感到非常失望。我哥哥凱文站在我身旁，望著窗外的雨滴打在玻璃上。

他也很失望，他跟他朋友本來打算去森林裡把泥怪的影片拍完的。

「今天我們本來要去替泥怪拍個厲害的結局，讓它從泥巴裡爬出來。」他說。

「也許等一下雨就停了。」我這麼告訴他。

「無所謂，反正今天是拍不成了。」凱文說。

「爲什麼？」我問。

「太泥濘了。」他回答。

整個禮拜幾乎都在下雨。到了星期六下午，太陽終於探出了頭。

夏琳用牽繩把小黃花牽出來，我們幾個急急忙忙地往森林裡走。

「寇特妮一定在那裡！絕對沒錯！」我堅稱。

「得有人在樹屋外面把風，」莫莉說，「在我們放小黃花過去前，得有人確保寇特妮和丹妮絲在裡面。」

「讓我來吧！」阿帽和我異口同聲說。

大家都笑了。我們的心情可好了。

我想我們都很開心，因爲終於能有機會把寇特妮嚇得花容失色了。

森林離夏琳家有幾個街口遠。雨後的一切聞起來有清新香甜的感覺。

小黃花沿路一直停下來聞聞花和樹叢之類的植物，夏琳必須一直輕扯牽繩才能讓牠繼續往下走。

這可是個苦差事。當聖伯納犬不想被拉的時候，要拉著牠走可是很困難的。

「我的嘴巴好乾喔，」當我們快靠近樹林時，夏琳抱怨著，「我希望待會可以順利吹出口哨。」

她試著吹口哨，結果發出的聲音比較像是氣音而不是口哨。但對小黃花來說並不影響，牠立刻抬起頭，耳朵和尾巴也豎了起來。

夏琳的口哨吹得更賣力了，不過聲音還是不太成功。

小黃花的肚子開始咕嚕咕嚕叫。然後咕嚕聲變成了低吼，低吼又變成了更大聲的咆哮，還露出了牠的牙齒。

「夏琳，等等，」我說，「別浪費力氣。」

夏琳停止吹口哨，那隻狗也頓時放鬆了。

「有人有口香糖嗎？」夏琳清了清喉嚨問，「我的嘴巴真的好乾喔！」

莫莉遞給她一條口香糖。

「小黃花已經準備好了！」當我們走進森林裡時，阿帽興奮地說。

這句英文怎麼說

我的嘴巴好乾。
My mouth is kind of dry.

樹影在地上晃動著，陽光從樹間灑落下來。枯葉在我們走路時發出悉悉簌簌的聲音。

「拜託，狗狗！」夏琳用力拖著牽繩懇求小黃花往前走。

「噓！」莫莉警告我們，「我們現在得安靜一點，如果寇特妮在樹林裡會聽到我們的聲音的。」

「快點啦，小黃花！」夏琳用有點大聲的氣音又重複了一次。

那隻狗眞的很難控制，牠一直停下來東聞西嗅的，還一直想掙脫牽繩自己走。我猜大概有太多令牠興奮的氣味在吸引牠吧。

牠的尾巴不斷搖來搖去，而且還很大聲地喘氣。

我們現在已經走到森林深處了，快要接近小溪。這裡變得又暗又冷。

我們走在一片深紫色的陰影裡。

「我會悄悄走到樹屋附近，看看寇特妮和丹妮絲在不在那裡。」我小聲說。

我把一個牛皮紙袋交給阿帽。「幫我拿一下，我馬上回來。」

阿帽一臉疑惑地盯著那個袋子，「裡面是什麼啊？」

這句英文怎麼說

那隻狗真的很難控制。
The dog was being difficult.

「你等會兒就知道了。」我說完便用近乎匍匐的姿勢走過高高的草叢。我回頭看了一下我的朋友們，他們都聚在小黃花身邊。

那隻大狗正趴在地上咬著一根粗樹枝。

當我穿過樹林，走過一條狹窄又泥濘的小徑時，我的心臟興奮地噗通噗通跳。就是現在了！贏過寇特妮的日子終於到來了。

她的樹屋就在小溪另一邊長滿草的空地上。

當我接近空地時，我可以聽到河床上潺潺的流水聲。

我穿過樹林，躲在暗處。我可不想被寇特妮或丹妮絲撞見，那可就破壞驚喜了。當我一想到，如果她們在那裡，到時候她們會有多驚嚇，我情不自禁地笑了起來。

我在空地邊停了下來，往對面望過去。

高高的草堆布滿許多踩踏過的痕跡。我想我哥和他朋友一定有在那裡拍過泥怪的影片。

我待在樹下，沿著空地繞圈圈，然後在另一頭看到了寇特妮的樹屋。它看起來像個大型的舊木造飛機，停在一棵老橡樹最下面的枝幹上。

有一條繩梯垂降在地面上。

她們會在那裡嗎？我看不到。

我向前走了幾步，邊走邊撥了撥沿路的草。

「喔！」有東西掉到我的肩膀上。

我低頭一看，T恤上有兩根芒刺，我小心翼翼地把它們弄掉，然後繼續往前走，盡可能安靜地往樹屋靠近。

當我聽到女生的聲音時，我停了下來。

我看到寇特妮和丹妮絲了，她們走在我前面。

我俯身躲在一個茂密的樹叢後面。她們只離我幾步路而已。

她們有看到我嗎？沒有，她們正在興奮地交談，對話很熱絡。

我躲在樹叢後偷看她們。她們都穿著藍色的露肚臍上衣，搭配牛仔短褲，是姊妹裝。她們慢慢地往另一邊走去，悠閒地把草和野花撥到一邊。

太好了，這是個好時機。就是今天了！我心想。

這句英文怎麼說

小黃花，做你該做的事！
Buttercup, do your stuff!

我轉過身安靜地快步走。

我等不及要回去告訴朋友們。我看到他們還留在原地圍著那隻狗。

「小黃花，做你該做的事！」我興奮地叫道，邊笑邊揮手地跑向他們。

「你是說她們在那邊嗎？」阿帽驚訝的問。

「她們是在那邊，」我上氣不接下氣地說，「等著被嚇。」

「太棒了！」莫莉和夏琳歡呼。

夏琳試圖把小黃花拖到腳邊。

「等等，」我說，把阿帽手中的牛皮紙袋抓過來，「在小黃花出發之前，我們先把這玩意兒抹上去。」

我拿出一罐我買的刮鬍泡。

「那是拿來幹嘛的？」阿帽問。

「把刮鬍泡抹在牠嘴巴附近，你們知道的，這樣才會讓牠看起來像在流口水，凶猛的狗通常嘴巴都會吐泡泡。當她們看到一隻滿嘴口水的狗要攻擊她們，她們兩個一定會嚇得半死！」我解釋。

「太好了！」莫莉拍了拍我的背。

「這點子眞是棒！」大家都恭喜我。

我必須承認，我有時也是會迸出些好點子的。

小黃花拖著腳步往前走，開始拉著夏琳往空地的方向走去。

「讓牠靠近她們，」夏琳大聲地用氣音說，「然後我們就把這東西抹在牠嘴上，放開牽繩。」

莫莉、阿帽和我緊跟在後。

過沒多久，我們來到了空地旁，在一個又高又濃密的樹叢後面停了下來。我們藏身的地方完全不會被她們看到。

寇特妮和丹妮絲走進了空地。她們站在高高的草叢裡，雙手環抱於胸前，交頭接耳地不知在討論些什麼。

我們可以聽到她們一點點交談聲，但是因爲距離不夠近，所以聽不見她們在說什麼。在她們身後，我們聽見了小溪潺潺流過河床的聲音。

「好戲開始了，小黃花。」夏琳低語，俯身準備放狗，並且轉向我們這邊，「只

這句英文怎麼說

我那三個朋友已經追了上去。
My three friends were already on their feet.

要牠一走進空地，我就會開始吹口哨。」

我拿著刮鬍泡的罐子，擠了一坨泡泡在手上。

忽然，我聽到身後樹叢傳來了一陣聲響，一陣尖銳的聲響。

那是有東西跑過枯葉與樹枝的聲音。

一隻松鼠出現在樹叢間，被小黃花看到了。

正當我伸手要把刮鬍泡抹在牠嘴邊時，那隻狗開始爆衝，害刮鬍泡噴了我一臉。我抬起頭，看到那隻狗衝到樹間，想要追那隻松鼠。

我那三個朋友已經追了上去。

「小黃花！小黃花！回來！」夏琳奮力大叫。

我拔腿狂奔，T恤前面沾滿了刮鬍泡。

不管了，我趕快轉身追上。

他們早就把我遠拋於後，我看不到他們，但我可以聽見夏琳叫著：「小黃花！回來，小黃花——你在哪裡？」

17.

我盡力地跑，終於趕上了我的朋友們。

「小黃花跑去哪了？」我氣喘吁吁地問。

「我猜是在那附近。」夏琳用手指著一個濃密的樹叢。

「不，我聽見牠的聲音是從那裡傳出來的。」阿帽指著反方向說。

「牠不可能會不見啊，」我努力喘口氣，「牠那麼大隻，不可能不見的。」

「我不知道牠能跑那麼快，」夏琳不開心地說，「牠真的很想抓到那隻松鼠。」

「牠知道牠有任務在身嗎？」莫莉一邊搜尋樹叢一邊說。

「我……我不該放開牽繩的，」夏琳懊悔地說，「我們再也無法看到那隻狗了……」

這句英文怎麼說

我不知道他能跑那麼快。
I didn't know he could run that fast.

「會的，」我回道，聲音盡可能裝得愉悅。「等松鼠跑走後牠就會回到我們身邊了。」

我跌倒時，污泥和枯葉塞住了刮鬍泡的罐子，現在我的T恤上有一大塊髒汙。我用手抹了抹，眼睛仍往樹叢裡搜尋著小黃花。

「我們最好分頭行事，」夏琳說，她看起來真的很擔心。「我們得在牠遇上麻煩前找到牠。」

「或許牠在溪邊。」莫莉推了推她的眼鏡說。有根樹枝卡在她的頭髮裡，我幫她拉出來。

「我們先別說了，趕快去找牠吧！」我不耐煩地催促著。「或許我們還是有機會用牠來嚇寇特妮和丹妮絲。」

我總是團體裡最樂觀的那個人。

「我們趕快找到牠吧！」夏琳碎念著，臉上掛著緊繃擔憂的表情。「如果小黃花出了什麼事……」

她實在太擔心了，連話都說不完整。

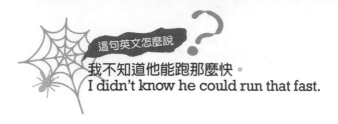

我們分頭去找。我沿著溪邊的小徑搜尋，開始跑了起來，一邊跑一邊撥開沿路的樹枝，沿著蜿蜒的小徑往前走。

「小黃花！小黃花！」我用氣音用力地叫著。

那隻笨狗怎麼可以把事情搞砸成這副德性？牠怎麼那麼不負責任啊？

「喔！」當我跑過一個很大的樹叢時，手腕被一個尖銳的樹枝刺到了。

我停下來檢查傷口，呼吸也變得急促了起來。我的手腕冒出了一滴如淚珠般大的血。我無視於傷口的存在，繼續搜尋。

「小黃花！小黃花你在哪裡？」

我現在已經離溪邊很近了。但是我還是聽不到溪水的聲音。

我有走對路嗎？我是不是該回頭才對？

我開始越跑越快，跳過一個倒下的樹幹，奮力撥開芒草前進。

地面變得越來越軟爛，我跑步時球鞋都快陷下去了。空地就在前面嗎？小溪是在空地的這一頭嗎？

我停下來靠在一旁，手扶著膝蓋試著調整我的呼吸。當我抬頭一看，我意識

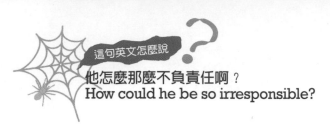

到自己迷路了。

我往上看，想找太陽在哪個方向，也許可以找回我的方向感。

但是樹林太茂密了，幾乎沒有光線穿透下來。

「我迷路了，」我大聲說，語氣不像是害怕，倒像是吃驚。「我真不敢相信我在森林裡迷路了。」

我轉來轉去，找看看有沒有熟悉的事物。瘦高的白樺樹在我身後幾乎形成了一道藩籬；另外三面都是深色的樹木。

「喂——！有人聽見我的聲音嗎？」我叫著，聲音聽起來很害怕。

「有沒有人聽到？」我又重複了一遍，逼自己喊大聲一點。但沒人回應。

一隻呱呱叫的小鳥從我頭上飛過，我聽到翅膀拍打的聲音。

「喂——！阿帽！莫莉！夏琳！」我叫他們的名字好幾次，還是沒人回應。

一陣涼意爬上我的背脊。

「喂，我迷路了！」我大叫。

「喂，有沒有人啊！」

我聽到左邊傳來沉重的腳步聲，快速地朝我這裡走來。

「是你們嗎？」我大叫，吃力地聽著有何動靜。還是沒人回應。

沉重的腳步聲越來越近，我往漆黑的樹林裡望去，又聽到一陣鳥叫聲，接著是更多振翅的聲音，以及一堆沉重的腳步聲，還有枯葉被踩踏的聲音。

「小黃花，是你嗎？小黃花！」

一定是狗狗。

我往聲音傳來的方向走了幾步，然後停下來，看到一隻狗。

「是小黃花嗎？」

不是。當我看到一隻紅眼睛的狗時，我倒抽了一口氣。

那是隻看起來又大又凶猛的狗，幾乎像小馬一樣高，身上有著柔順的黑毛。

牠頭低下來聞聞我，紅眼睛憤怒地看著我。

「乖狗狗，」我怕怕地說，「狗狗好乖。」

牠露出牙齒，發出嚇人的低吼聲，然後便朝我衝過來，生氣地咆哮，跳到我喉嚨的高度。

這句英文怎麼說

那隻狗垂著頭低吼了一聲。
The dog lowered its head and let out a growl.

18.

「嘿——！」我背後冒出一個警告聲。

那隻低吼的狗突然停了下來。牠的眼神像滾燙的煤一樣熾熱，吃力地用四隻腳著地。

「喂，走開！」那個聲音喊道。

我轉過去，看到阿帽手上揮舞著一根長棍，向我這裡跑來。

「走開，狗狗！」阿帽叫道。

那隻狗垂著頭低吼了一聲，眼睛仍死盯著我不放，心不甘情不願地退後，柔順的黑尾巴在腿間擺來擺去，然後往後退了兩三步。

不知道是因爲我們有兩個人的緣故，還是阿帽手上拿了根棍子，那個巨大的

傢伙突然轉身跑向樹林裡去了。

「哇！剛才眞是好險！」我現在才意識到我憋氣憋了很久，胸口都痛了。

我深深地鬆了一口氣。

「你還好嗎？」阿帽問。

「嗯，我想是吧。」我驚魂未定地回答，「謝謝你救我一命。」

他開始盯著樹林，望向狗狗消失的地方。

「那是狗還是馬啊？」阿帽說，「牠看起來眞兇惡。」

我點點頭。喉嚨突然覺得很乾，說不出話來。

我知道晚上作惡夢又要看見剛剛那隻兇惡的野獸了。

「你有找到小黃花嗎？」我問。

阿帽踢了踢倒下的樹幹，一邊搖頭。「沒有，還沒。夏琳快氣炸了。」

「我、我知道她的感受。」我結結巴巴地說。

我望向樹林，不知怎地，我感覺看到那隻黑色大狗正走回來找我，其實那只是風吹樹葉造成的擺動而已。

這句英文怎麼說

我敢說你的狗自己回家了。
I'll bet your dog went home.

「我們最好回去了。」阿帽又踢了樹幹一下。

我跟他沿著彎彎曲曲的小徑一起走下坡。

不時有小動物跑過我們腳下的枯葉，我猜應該是花栗鼠吧。我沒特別留意。因爲我還在想剛剛看到的那隻龐然大物，依舊驚魂未定。

過了不久，我們看到莫莉和夏琳了。她們看起來慘兮兮的。

「我們該怎麼辦？」夏琳很洩氣，兩手緊緊地插在牛仔褲口袋裡，看起來快哭了。

「我不能就這樣自己一個人回家，」她哀號道，「我不行！」

「我敢說妳的狗自己回家了，」莫莉說，「我猜那隻笨狗已經回家了啦。」

夏琳的表情似乎有了一絲希望。

「妳眞的這麼認爲？妳不覺得牠是在森林裡迷路了嗎？」

「狗不會迷路，只有人會。」我說。

「他說的沒錯，狗很有方向感，搞不好小黃花已經到家了。」阿帽附和。

「我們回去看看吧！」莫莉催促著，並把手放在夏琳的肩膀上安慰她。

「如果牠不在家呢？」夏琳垂頭喪氣地說，「那該怎麼辦？」

「那我們就拜託警察幫忙找。」莫莉這麼告訴她。這個答案似乎有安撫到夏琳。

我們四個面有菜色地開始往森林外走。

我們才離開森林，往街道上走沒幾步路，就看到寇特妮和丹妮絲。她們站在路邊，身旁有兩隻狗。

小黃花站在寇特妮的一邊，那隻大黑狗則站在另一邊。

「嗨！」我們跑向她們時，寇特妮說道，「這兩隻狗是你們的嗎？」

我楞了一下，用不可置信的眼神盯著她們看。

小黃花居然充滿感情地舔寇特妮的手。而那隻大黑狗也溫柔地舔拭著她另一隻手。

「那隻聖伯納犬是我的！」夏琳開心地叫道。

「妳應該拿牽繩拴住牠的，」寇特妮告訴她，「我找到牠的時候，牠徹底迷路了。」她邊說邊把牽繩交給夏琳。

這句英文怎麼說

這兩隻狗是你們的嗎？
Do these dogs belong to any of you?

夏琳對她說了聲謝謝。

「這隻狗也很可愛對吧？」寇特妮說，然後她蹲下去親牠的鼻子。

看到這一幕，我就打算放棄了。

我們絕對、絕對不可能嚇倒寇特妮的。

我告訴自己，是時候承認自己失敗了。

我根本不知道事情會演變得多可怕。

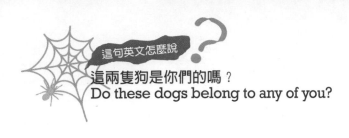

19.

一雙冰冷的手環繞著我的脖子，我冷到叫了出來。夏琳見狀笑了。

「艾迪，怎麼了？有點緊張是嗎？」

「妳的手怎麼那麼冰啊？」我邊說邊把脖子搓熱。

她舉起一罐可樂。「我剛從冰箱拿出來的。」

大家都在笑我。

幾天後，我們四個坐在夏琳的小窩裡，努力計畫接下來要怎麼做。

現在是星期四晚上八點半，我們跟爸媽說我們在一起準備數學期末考。

「我覺得放棄算了，我們根本不可能嚇倒寇特妮的。」我洩氣地說。

「艾迪說的沒錯。」阿帽附和。

這句英文怎麼說

一定有方法的。
There's got to be a way.

他坐在莫莉旁邊的棕色皮沙發上，我縮在他們對面的扶手單椅上。夏琳則是坐在白色地毯上。

「一定有方法的，寇特妮又不是機器人，她一定也有害怕的時候。」夏琳很堅持。

「我可不敢確定。」我邊說邊搖頭。

此時小黃花緩緩走進房間，尾巴不停地在牠身後搖擺。牠一路走向夏琳，開始舔她的手臂。

「快把這個叛徒給趕出去！」我強烈要求著。

小黃花抬起頭，用牠可憐兮兮的棕色眼睛看著我。

「你聽到我說的話了，小黃花，你是個叛徒。」我冷冷地說。

「牠不過是隻狗罷了。」夏琳替牠辯護。她把那隻毛茸茸的野獸放在一旁的地毯上。

「狗狗根本就很愛寇特妮。」莫莉說。

「就連蛇和狼蛛都很愛她，根本沒什麼嚇得了她。」我苦笑地說。

莫莉突然露出邪惡的表情，「想看看真的嚇人的東西嗎？」她問。

她把手伸到沙發另一頭，一把掀開阿帽頭上的棒球帽。

「噁！好可怕！」我們三個齊聲叫道。

阿帽的深色頭髮黏在頭上，看起來像是木頭還什麼的。他的頭上出現被帽子邊緣壓過的紅色痕跡。

「喂！」阿帽生氣地叫道。

他搶回他的棒球帽，立刻戴在頭上。

「你都不洗頭的嗎？」夏琳說。

「幹嘛要洗？」阿帽回答。他起身走到鏡子前，把帽子調整到他喜歡的位置。

關於要怎麼嚇寇特妮，我們討論了好一陣子。大家對整件事都很沮喪，我們一點辦法也想不到。

九點出頭的時候，我媽媽打來要我回家，於是我和朋友們道過晚安後便起身離開。

已經下了幾乎一整天的雨，空氣又濕又冷。濕漉漉的前院草坪在街燈下被照

這句英文怎麼說

你都不洗頭的嗎？
Don't you ever wash your hair?

得略微發亮。

我家在距離這裡四個路口的同一條街上。眞希望我當初有騎腳踏車來，我實在不喜歡這麼晚了還要自己走回家。

有些街燈壞掉了，看起來有點可怕。

好吧，好吧，我承認要嚇我還比嚇寇特妮容易。

把冰冷的雙手放在我的脖子上，就足以讓我嚇到跳起來。

*也許我們也該試試對寇特妮這麼做。*我邊過馬路時邊這麼想著。

*嗯……從後面把冰手放在她脖子上。*此時我正要穿過一個空無一人的空地，周遭都是高高的雜草和巨大的樹叢。

我眼角餘光瞄到地上有個東西在動，一個一閃而過的黑影掠過地面。那個東西穿過草地向我撲來。

我感到喉嚨一緊，難以吞嚥。

我開始小跑步，那個影子緊跟著我。

然後我聽到一陣低吼。

那是風的聲音嗎？

不，聽起來像是人，不像是風。

接著又一陣低吼，這次聽起來比較像是叫聲。

樹木開始搖晃並發出沙沙聲。

黑影快速地朝我移動，我的心跳得很快，開始拔腿狂奔。

我穿過一條街後繼續奔跑，但是黑影卻越來越近。

黑影快要追上我了，我知道我不可能撐到家的。

這句英文怎麼說

我盡可能跑得越快越好。
I was running as fast as I could.

20.

我盡可能跑得越快越好。

那團黑影在樹間模糊移動。

我的球鞋大力踩過濕濕的地面，當我看到我家快到時，我可以感覺到自己脈搏的跳動。前院的草坪被黃色的煤氣燈照得閃閃發亮。

快到家了，我心想。

快到了……快點讓我進去吧！

過了幾秒，我進入車道，沿著房子邊的前走道飛奔，來到廚房門口。

我使出吃奶力氣用肩膀推開門，衝進廚房。門在我身後甩上，我趕緊把門鎖好。我上氣不接下氣，喉嚨又乾又癢。我站在那裡好一陣子，背靠著門，努力調

整呼吸。

我很快就意識到，其實根本就沒什麼東西在追我。那全是我自己的想像。這種狀況之前就發生過好幾次了，太多次了！

為什麼我偏偏是個膽小鬼呢？我問自己。

到家的我，慢慢覺得一切正常且安全多了。我站在空無一人的廚房等待心跳和緩下來。我知道我跟朋友都錯了，我們不可能嚇得了寇特妮的。

「艾迪，是你嗎？」我媽從客廳喊我的名字。

「是的，我回來了。」我回答她。

我很快穿過走廊往客廳方向走。

「我得打個電話。」我對她說。

「但你才剛到家。」我媽說。

「只打一通就好！」我吼道。我跑進房間抓起電話，打給夏琳。

電話響了兩聲之後，夏琳接了。

「喂？」

這句英文怎麼說

任何東西到了晚上看都更恐怖。
Everything is scarier at night.

「我們都搞錯了！」我氣喘吁吁地說。

「艾迪？你已經到家了？你是用跑的嗎？」

「我們都搞錯了！」我無視她的問題，又重複一次我剛說的話。

「我們得在晚上嚇她才對！一定要在晚上！不能在大白天，任何東西到了晚上看都更恐怖。」

電話那頭出現了短暫的沉默。夏琳一定是在思考我剛說的話。

終於，她開口了：「你說的沒錯，艾迪，任何東西到了晚上看都比較可怕。不過我們還是沒想到什麼好主意。」

「嗯，妳說的沒錯。」我承認。

「我們總不能在晚上突然跳出來大叫：『哇！』，用這種方式嚇她吧？」夏琳說。

夏琳說的沒錯。夜晚的確是嚇人的好時機，不過我們需要一個夠厲害、夠嚇人的構想。詭異的是，寇特妮隔天早上自己給了我這個構想。

21.

我們早上開會時正在討論怪物的事。我們每天早上都會開會，聚在教室後面的一角討論事情。

馬文老師不是靠在黑板上，就是坐在三隻腳的凳子上。然後我們會討論各種事情。

其實永遠都只有三到四個小朋友真的有在討論，其他人只是坐在那裡，假裝有在聽。

想當然耳，寇特妮是最活躍的發言人了。

即便這是一大早的活動，她還是一副陽光又熱情的樣子，而且她也不害怕對任何事發表評論。

這句英文怎麼說

他又繼續繞在這個話題上好一陣子。
He went on like that for quite a while.

今天馬文老師講的主題是，人們爲什麼從很早以前就對怪物的存在深信不疑。

「人們需要創造怪物這個角色，因爲這麼做可以安慰我們，讓我們相信眞實世界沒有像我們創造出來的那些怪物那麼可怕。」他說道。

他又繼續繞在這個話題上好一陣子。我不覺得有誰眞的在聽，畢竟現在可是一大早。

「有許多關於怪物的傳說、神話和故事、電影，但沒有人能證實怪物眞的存在。主要因爲這些都只是我們想像中的產物。」馬文老師說。

「這不是眞的。」寇特妮插嘴。她總是不舉手就發言，也不在乎自己是不是打斷了其他人的發言。

馬文老師挑了挑他光亮額頭上的濃眉，問：「寇特妮，妳有任何證據可以證明怪物的存在嗎？」

「寇特妮自己就是個怪物。」有人在我身後小聲說。我聽到有些小朋友在偷笑。

我坐在窗邊的位置，早晨的陽光從窗邊灑落，我的背感到陣陣暖意。

莫莉坐在我旁邊，努力想拔掉牙套上黏的口香糖。

「我叔叔是個科學家，他跟我說蘇格蘭眞的有尼斯湖水怪。牠住在一座大湖裡，看起來像條海蛇。很多人都有拍到牠的照片。」寇特妮說。

「那些照片算不上是眞的證據。」馬文老師說。

但寇特妮還是繼續講，除非她把自己想講的話講完，不然她是不會停止的。

「我叔叔說那些大腳怪也是眞的，他有看過那些在喜馬拉雅山拍下的照片。」

整個教室頓時充滿了竊竊私語。

我看了看坐在中間的阿帽，阿帽朝我翻了個白眼。

「那些怪物不全然是人類想像出來的，」寇特妮斬釘截鐵地下結論，「牠們是眞實的，只是很多人不敢承認牠們是眞的。」

「這個理論很有趣，」馬文老師抓了抓他的脖子，「有其他人贊同寇特妮的說法嗎？有多少人相信怪物的存在？」

有些小朋友舉了手，我也不知道總共有多少人，因爲我陷入了自己的思緒。

這句英文怎麼說

那些怪物不全然是人類想像出來的。
People don't just imagine all the monsters.

寇特妮相信有怪物，她眞的相信怪物的存在。我這樣跟自己說。

慢慢地，一個點子逐漸在我腦海中成形。

怪物……怪物……

夜晚出沒的怪物……在黑暗中……

感謝寇特妮啊！

我似乎想出了一個嚇她的絕佳計畫，這個完美的點子一定行得通！

22.

我請凱文來幫我，但他拒絕了。於是我帶著阿帽、莫莉和夏琳一起去求他。

「讓我先弄清楚，你們要我跟我的兩個朋友穿上泥怪裝，在樹林裡嚇某個女生？」凱文皺眉對我們說。

「不是『某個』女生，」我不耐煩地說，「是寇特妮。」

「她活該被嚇，眞的。是她自找的。」夏琳立刻補充說明。

那是星期六的午後，我們站在我家後院，凱文手上拿著澆花水管。他星期六都會做很多園藝。此時他正要澆花。

「我們的影片都拍完了，」凱文邊說邊轉緊噴嘴。「我很開心我不用再穿上那件戲服，也不用再化泥巴妝了。」

這句英文怎麼說

她活該被嚇。
She deserves to be scared.

「拜託啦！」我央求他。

「很好玩的啦，眞的，會很好玩的。」阿帽對凱文說。

凱文轉了轉噴嘴，但沒有水出來。

「水管打結了啦，」我指著水管說，「我幫你把結打開。」

我蹲下來試著解開纏在一起的水管。

「寇特妮和她的朋友丹妮絲在泥溪邊有個樹屋。」夏琳告訴凱文。

「我知道，我們的影片就是在那裡拍的。」凱文回答，「泥怪爬上樹屋謀殺了一個人。很酷的劇情。」

「太好了！」莫莉大叫，「我們馬上再重演一次如何？」

「拜託拜託！」我央求著。自從我想到這個點子後，就一直在求凱文。

「所以你們想要我們三個晚上潛伏在樹林裡，對吧？」凱文問道。

我解開水管，水一下子噴出來，噴濕了阿帽的球鞋，他立刻尖叫著往後跳。

我們全都哈哈大笑。

「抱歉啊，」凱文一邊把噴嘴朝向花的方向，一邊說道，「剛剛那是個意外。」

「沒錯。你跟你朋友在樹林裡等著，等到天色變黑時，就跑出來把寇特妮嚇個半死！」

「你是說我們要出些怪聲音，拖著泥巴妝走來走去，還得假裝去追她的樣子？」凱文說。

「沒錯。」我熱切地回答。我看得出來他對這個點子開始感興趣了。

「你們要怎麼在晚上把她引到樹屋那裡去？」凱文問。

這是個好問題，我還沒認眞想過。

「我來負責把她引過去。」莫莉突然說。她整個下午都很安靜。

「妳要裝成丹妮絲嗎？」我問，「上次這招不是很成功。」

「這次我不用扮成丹妮絲了，」莫莉神祕兮兮地說，「別擔心，我會把她引過去的。」

凱文舉起水管，讓水柱噴得跟房子一樣高。

他背對著我，我搞不清楚他在想什麼。

「怎麼樣？你會幫我們嗎？」我已經準備好再次央求他了。「你會找你朋友

這句英文怎麼說

這對我有什麼好處？
What's in it for me?

一起來幫忙嗎？」

「這對我有什麼好處？」凱文依舊背對著我。

「嗯……」我急中生智，「我會當你一整個禮拜的僕人，任你差遣。我會除草、澆花……還有每晚都會幫你洗碗，也會幫你打掃房間。」

他轉過身來瞇眼望著我：「正經一點！」

「不，我說眞的！」我堅決地說，「我會完全聽從你的吩咐，整整一個禮拜！」

他關掉水管，水滴滴答答地慢慢止住。

「延長到一個月怎麼樣？」他說。

哇，一個月很長耶。

一整個月都要幫凱文做家事，而且還要完全聽從他的話。

一整個月耶，值得嗎？

一整個月都要讓自己當一個可憐兮兮、勞碌不堪的僕人，就爲了嚇倒寇特妮？

當然值得！

「沒問題，一個月就一個月！」我說。

他邊笑邊跟我握手。他的手因爲被水噴到而濕濕的。

他把水管交給我，「換你接手吧，僕人。」他命令。

我從他手中接過水管，水滴弄濕了我的牛仔褲。

「你希望這三隻泥怪什麼時候出現？」凱文問，「你想選在什麼時候嚇寇特妮？」

「明天晚上。」我回答。

這句英文怎麼說

那個傳說好像是這樣的。
The legend goes something like this.

23.

我不是很肯定泥怪的傳說是怎麼開始的，我是在很小的時候從別的小朋友口中得知這個怪物的。

那個小朋友想要嚇我，結果也成功嚇到我了。

那個傳說好像是這樣的：

鎮上早期有些移民，因爲太窮了，蓋不起自己的房子，因此他們在泥溪的河床上建造了一個個小小的棚屋。

當時的小溪比較寬，深度也比較深，不像現在只是充滿泥巴的小水道而已。

人們很窮，只能辛勤工作，很快地，他們就建起了整座棚屋村莊。

然而鎮上的人卻瞧不起他們，也拒絕給予他們幫助。

鎮上的官員不願意與住在泥溪的人分享水源，商店老闆也不願意讓他們賒帳。這些住在泥溪的人因此挨餓，很多人還身染疾病。但鎮上的人還是不願意對他們伸出援手。

這些全都發生在好幾百年前，甚至更早。

某天晚上，下了一場暴雨，大雨傾盆而下，颶風也吹得猛烈。溪邊的居民還來不及躲到安全處，溪水就已暴漲了。

滾滾泥水不斷攀高，侵襲了整座城鎮，把所有棚屋和居民都埋在下面。

就像火山噴發出的岩漿一般，覆蓋了一切。

隔天早晨，村莊裡什麼也不剩了，樹木也變得光禿禿的。整座城鎮的居民都被覆蓋在下面。

然而故事還沒完，根據傳說，當一年一度的某個滿月之時，這些居民就會從泥巴裡爬起來，成爲半死半活的怪物，也就是我們現在所說的泥怪。

每年，這些泥怪都會在月光下爬起來，在它們的墓地上跳舞，並且找尋當初不肯對它們伸出援手的人報仇。

這句英文怎麼說

這個故事嚇壞了一堆小朋友。
The story has scared an awful lot of kids.

這就是我所知道的鄉野傳奇。

當然這不是眞的，不過我覺得這個故事很棒。而且它不斷被傳述下來，一代傳過一代。

這個故事嚇壞了一堆小朋友，包括我在內。

現在是星期天晚上，凱文和他的兩個泥怪同夥打算去嚇寇特妮這個天不怕地不怕的女孩。

七點出頭時，凱文在浴室替他的泥怪造型做最後定裝。

他的全臉和頭髮都抹上了厚厚的棕橘色黏土，寬鬆的黑色T恤，蓋過鬆鬆垮垮的黑色牛仔褲，衣服上也都沾滿了黏土。

正當他要抹更多黏土到頭髮上時，我走進門檢查他的造型。

「你看起來眞的好噁喔！」我說。

「小子，謝謝誇獎。」他答道，「你開好洗碗機了嗎？」

「有啦。」我不情願地說。

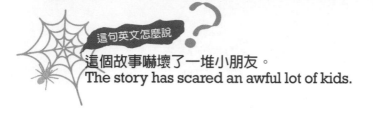

「那你有把我房間的髒衣服丟進洗衣機嗎？」

「有啦。」我咕噥著。

「要說：『是的，先生。』」他糾正我，「當僕人要有禮貌才是。」

「是的，先生。」我重複道。

自從我答應當他的僕人之後，他就一直在找差事給我做。眞不敢相信他怎麼找得出那麼多家事給我做。

不過，現在大好時刻就快到來，這讓我整個月的僕人生活都值得了。

凱文轉向我，「我看起來如何？」

「像一攤爛泥。」我回答。

「謝謝。」他笑著說。

我跟著他下樓到前門，他從茶几上拿了車鑰匙。

「我要開車去接我那兩個朋友，然後我們就會躲在樹林裡。」他邊說邊從客廳的鏡子裡欣賞自己的裝扮。

「你要我載你一程嗎？」

這句英文怎麼說

當僕人要有禮貌才是。
A servant should always be polite.

我搖搖頭，「不用了，謝謝。我得先去莫莉那裡一趟。我們還有些細節要搞定。」

「什麼細節？」凱文問。

「把寇特妮引到森林裡。」我回答。

24.

「嗨，艾迪，怎麼了嗎？」莫莉的爸爸問我。

我們正站在莫莉家的廚房裡，她爸爸打開冰箱拿出一罐薑汁汽水，然後掃視了一下冰箱的層架，看看裡面有什麼。

「沒什麼，爸爸。」莫莉緊張地回答，「我跟艾迪只是在閒聊。」

她爸爸從冰箱那裡轉過頭來說：「你們兩個想玩拼字遊戲之類的嗎？」

「不，不用了，謝謝。」莫莉很快地說，「今晚先別玩了吧！」

我盯著廚房裡的時鐘，發現我們快遲到了。

我們沒時間跟莫莉的爸爸有一搭沒一搭的閒聊了，得趕快把寇特妮引到樹屋才行。

這句英文怎麼說

你不打算假扮成丹妮絲了嗎？
You're not going to pretend to be Denise?

「那玩撲克牌呢？」她爸爸說，再度把頭探進冰箱裡，「妳不是很想我教妳玩撲克牌嗎？我今晚沒什麼事，不如……」

「我跟艾迪有些事要討論，」莫莉說，「而且……我們得打電話給其他小朋友。」

她爸爸看起來很受傷，從冰箱拿出一些冷盤，準備做三明治。

「你們餓嗎？」

「我們不餓。」莫莉不耐煩地答道，一邊把我拉進她的房間。

「莫莉，我們得快點了。」我小聲地說。

「我當然知道，」莫莉冷冷地說，並推了推眼鏡。「聽著，你可以用這支電話偷聽，我會去樓上打給寇特妮。」

「妳要說什麼？妳不打算假扮成丹妮絲了嗎？」

我開始感到非常緊張，我們老早就該打這通電話了，不該等到最後一刻。

莫莉對我閃現一絲神祕的微笑。

「你等著瞧吧！」她狡黠地說，接著就跑到樓上去了。

我在原地來回踱步了一分鐘左右，給莫莉足夠的時間打電話。然後我小心翼翼地拿起話筒，貼近耳朵。

寇特妮已經接起了莫莉的電話。

「是誰？」寇特妮問。

「我是莫莉。」

我屏住呼吸。*莫莉幹嘛跟寇特妮說實話？*

「嗨，莫莉，怎麼了嗎？」寇特妮用有點驚訝的語氣問。她和莫莉從來就稱不上是什麼好朋友。

「我聽到一些妳可能會感興趣的事情，」莫莉氣喘吁吁地說，「我聽說泥怪今晚會出現在溪邊。」

寇特妮在那頭停頓了好一陣子，然後終於開口：「這是開玩笑吧？」

「不，」莫莉很快回答，「我真的聽說了。他們說今晚是滿月，是泥怪每年現身的日子。」

「得了吧，莫莉，」寇特妮諷刺地說，「說吧，妳幹嘛打給我？」

這句英文怎麼說

我聽到一些你可能會感興趣的事情。
I heard something I thought you'd be interested in.

她沒上當。我緊緊抓著電話這麼想著，緊張到我快不能呼吸了。

寇特妮不相信，莫莉快穿幫了！

「呃，寇特妮，妳不是在學校說妳相信有怪物嗎？」莫莉說，「所以我一聽到有關泥怪的事，就想到妳可能會想見識一下。」

「妳是從哪裡聽來的？」寇特妮懷疑地說。

「我是聽廣播說的，」莫莉騙她，「我剛聽廣播說的，他們說今晚月正當中時，泥怪會從森林底下爬起來。」

「喔，那妳去吧。」寇特妮冷冷地說，「妳星期一到學校再告訴我結果。」

喔，不！我心想。

這眞是太失敗了，整個計畫都泡湯了。我哥一定會殺了我！

「嗯，我可能會去吧。」莫莉還是不死心。「我的意思是，妳應該不常有機會看到眞的怪物吧？但如果妳怕的話，我看妳還是待在家裡好了。」

「什麼？妳剛說什麼？」寇特妮提高音量問道。

「我說，」莫莉又重複了一次，「如果妳害怕的話，那妳一定要躲得越遠越好。」

「我會怕？」寇特妮的音頻高到大概只有狗能聽得見。

「我才不怕什麼泥怪咧，莫莉。我十分鐘後跟妳在那裡碰面，就不要到時候太害怕的人是妳。」

「不，我說眞的，待在家裡吧。」莫莉對寇特妮說，「我可不想擔這個責任。如果妳驚慌失措然後受了傷……」

「不見不散。」寇特妮不客氣地說，然後便把電話掛了。

過了幾秒鐘，莫莉臉上掛著愉悅的笑容回到房間。

「我不是天才是什麼？」她問。

「妳眞的是個天才，」我回她，「咱們上路吧！」

這句英文怎麼說

我不是天才是什麼？
Am I a genius, or what?

25.

當我和莫莉在森林裡，快靠近泥溪的時候，我打了個冷顫。

空氣意外地涼爽和潮濕。

一縷黑色的雲，在樹的上方緩緩飄過滿月。

「這眞是太令人興奮了，」莫莉邊說，邊看著頭上參天的大樹，「我眞不敢相信我們終於可以嚇倒寇特妮了。」

「我也不敢相信。不過我還是懷疑這次會不會有什麼差錯。」我說。

「不會有什麼差錯的啦！」莫莉要我放心。「不要這麼悲觀嘛！今晚可是個好機會啊，艾迪。」

夏琳和阿帽在樹林旁邊等我們，我們兩個快速跑向他們。

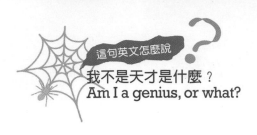

「你們有看到我哥跟他的兩個朋友嗎？」我問道，一邊望向伸手不見五指的森林。

「沒有。」阿帽回答。

「但是我們有看到寇特妮。她跟丹妮絲正匆匆往樹屋那邊走。」夏琳回報。

「她把丹妮絲也帶來了？太好了！我們能連她一起嚇！」我興奮地說。

「她們有看到妳嗎？」莫莉問夏琳。

「不可能，我跟阿帽躲在那裡。」夏琳指了指一邊的樹叢。

樹林突然變亮了，我抬頭看看那縷烏雲，它已經飄開了。淡黃色的皎潔月光照在我們身上。

突然，那些樹因爲一陣風被吹得搖搖晃晃，聲音聽起來像是在對我們低語。

「我哥和他朋友一定躲在溪邊。我們走吧！可別錯過這個大好機會。」

我們四個一路沿著樹走，盡量降低音量，但走路時球鞋與枯葉的摩擦聲還是窸窸地響。

我聽到一陣低沉、悲傷的哭聲，倒吸了一口氣。我停下來聽個仔細，又聽到

這句英文怎麼說

我們快速走到樹屋。
We made our way quickly toward the tree house.

一陣低聲的嗚咽。

「那、那是什麼聲音？」我結結巴巴地小聲道。

「聽起來像是鳥的聲音，可能是鴿子吧，我猜。」夏琳答道。

接著又聽到一陣叫聲。

沒錯，是鴿子，從樹梢上傳來的。

「喂，艾迪，你該不會已經開始害怕了吧？」阿帽問，一邊用力拍了一下我的背。「你得鎮定點，老兄。」

「我很鎮定。」我咕噥道。

我覺得很糗，被一隻笨鴿子搞得緊張兮兮。

好險這裡很暗，他們看不到我臉紅。

我伸手把阿帽的帽子反過來戴，讓自己別在意剛剛鴿子的事。

「喂！」阿帽邊叫邊生氣地轉來轉去。

「噓！安靜啦！寇特妮和丹妮絲會聽到的。」莫莉斥責。

我們快速走到樹屋。

當我們走過那些沙沙作響的樹林時，這裡變得越來越暗。

我們緊挨著彼此前進。沒人開口說話或交談。

我又聽到了更多微弱的嗚咽聲，我逼自己忽略那些聲音，我才不會讓自己再被鳥嚇到咧！

感覺我們走了好久好久，像走了好幾個小時一樣，但我知道我們才走了不過幾分鐘而已。

我的喉嚨好乾，而且膝蓋有點抖。我猜可能是因爲太興奮了吧。

「喔——！」當我被高起的樹根或石頭絆倒時叫了一聲，我趴著，臉正面撲向地。「噢喔！」

阿帽和夏琳快速把我拉起。「你還好吧？」夏琳小聲問我。

「還好。」我小聲說，臉又漲紅了。

我的右手肘用力著地，現在抖到不行。

「不要再嚇我們了！」夏琳嚷著。

「我沒有！」我回嘴，一邊搓我疼痛的手肘，跟著他們爬過小徑。

這句英文怎麼說

不要再嚇我們了！
Stop trying to scare us!

我們停在空地，看著那間樹屋。

那間樹屋看起來比較像是有牆壁的平台，不像是屋子。我的意思是，它上方沒有屋頂或遮蔽物之類的東西。

寇特妮和丹妮絲在裡面，倚在一旁。

月光灑滿整座空地，我可以清楚看到她們兩個人。

寇特妮拿著望遠鏡東看西看，丹妮絲則是拿手電筒往樹林裡照來照去，脖子上還掛著相機。

太好了！我心想，一邊竊笑著。她們不管何時何地都要當個完美的科學家。

我還真訝異她們沒有帶上作業，這樣她們看到泥怪時，就可以把它們記錄在野生動物那一欄。

我和我的三個朋友蹲低，躲在高高的草叢後面觀察她們。

寇特妮和丹妮絲一邊聊天，一邊從樹屋牆壁偷看外面。但我聽不見她們在說些什麼。

「我等不及了啦！」阿帽靠過來對我小聲說。

他的眼睛興奮地在帽緣下轉來轉去，用力地嚼著口香糖。

「你哥去哪了？」他問。

我掃視了一下空地後方溪邊的那排樹。

「我沒看到他，」我對阿帽小聲說，「但他和他朋友應該在那附近。他們應該隨時會走過來。」

「然後好戲就開始了。」阿帽笑著說。

「對，然後好戲就開始了。」我附和。

凱文和他朋友呢？

他們到底去哪裡了？

然後我看到樹屋後面的空地有東西在動。

這句英文怎麼說

然後好戲就開始了。
Then the fun will begin.

26.

當我看到在樹旁移動的影子時，我抓緊了阿帽的袖子。

「你看！」我指著那塊空地小聲說，心臟怦怦跳著。

其實我根本不用特別指，他同樣也看到了。

我們都看見了。

寇特妮和丹妮絲朝著另一個方向，沒注意後面發生了什麼事。

我屏住呼吸，將身體盡量壓低在草叢後面，死盯著那個地方。

我看到一個灰暗的怪物緩緩向樹屋靠近。

在他後面還有另一個看起來像是剛從泥巴裡出來一樣的怪物。

第三個怪物也搖搖晃晃地現身。

沒錯！那是三個泥怪！

凱文跟他朋友們過來幫我們了！

寇特妮和丹妮絲仍舊沒發現他們。

寇特妮靠在樹屋的牆上，手裡拿著望遠鏡觀望。丹妮絲則把手電筒指向另一個方向。

現在我能清楚瞧見凱文和他的朋友們。他們的裝扮超厲害的！頭上蓋著濕黏的泥土，全身破破爛爛的。

他們雙手往前伸，邊滴著泥濘的泥巴，邊像喪屍一樣搖搖晃晃地往前。

距離樹屋越來越近，越來越近。

快轉身啊！我默默地催促著寇特妮和丹妮絲。

快轉身——然後放聲尖叫吧！

可惜寇特妮和丹妮絲仍舊沒有轉過去。

她們還不知道有三個可怕的泥怪在她們身後偷偷摸摸的。

我快速轉過頭去瞥了一眼我那三個朋友。

這句英文怎麼說

現在我能清楚瞧見凱文和他的朋友們。
I could see Kevin and his friends clearly now.

莫莉和夏琳像被冰凍的雕像一樣，她們的眼睛跟嘴巴張得老大，似乎很享受這個表演。阿帽眼睛眨都沒眨，開心地等著好戲發生。

等待。

我們都在等著那兩個可憐的受害者發覺泥怪正朝她們接近。

當我盯著那蹣跚而行的三個怪物時，突然間，身後傳來一些悉悉簌簌的聲音——

斷裂的樹枝。

鞋子摩擦地面的聲音。

腳步聲。

低沉的說話聲。

「嗯？」伴隨著驚訝的喘息聲，我轉過身去。

然後看到三個泥怪站在我們身後。

「不！」我試著尖叫，聲音卻哽住了。

當這三個泥怪越走越近時，阿帽、莫莉和夏琳同時轉過身去。

我認出凱文正在這三個泥怪之間。

「凱……凱文！」我結結巴巴地說。

「對不起，小子。」凱文小聲說，「車子爆胎了。」

這句英文怎麼說

我轉身看向空地。
I turned back to the clearing.

27.

「我們來晚了嗎？」凱文問。

我答不出來。我沒辦法。

我轉身看向空地，那三個泥怪還在樹屋後蹣跚而行。它們臉上不停滑落濕黏的泥土，失去光彩的眼睛從中窺探著。然後我看到更多泥怪。

我看到許多手臂從污泥中探出，被泥巴覆蓋的頭顱一個個出現，越來越多軀體從沼澤中安靜的爬起來。

黑色的軀體不斷滴落著泥巴，它們爬起來向空地搖搖晃晃走去，光著腳在地上走著。

這下子它們變成好幾十個了。

枯瘦、醜陋、扭曲、泥濘的身體全部搖搖晃晃地往樹屋走去。越來越多、越來越多，一個個從地下爬了起來。

「快跑！」我尖叫著從樹叢中跳出來。

「寇特妮！丹妮絲！跑！快跑啊！」

她們有點遲疑。然後她們終於發現這群可怕的怪物。

寇特妮的叫聲響徹林間，她不斷發出驚恐的尖叫。

她和丹妮絲都在尖叫。

這應當是我們的重要時刻，我們的勝利。

但事實並非如此。

兩個女孩萬分驚恐地尖叫著。

然後我意識到我們都在尖叫。

它們走過的地方留下一條濕漉漉的足跡，泥怪們搖搖晃晃地前行。

我看到寇特妮跟丹妮絲從地上一躍而起，然後邊尖叫邊跑走。

這句英文怎麼說

我真的不想離開家裡。
I really don't like to leave the house.

我也跑了，穿過幽暗的樹林，一直跑，一直跑。
從我這輩子也忘不了的泥怪旁邊跑開，不知道跑了多遠。

這件事發生在兩週前。
漫長的兩週前。
噩夢結束了，已經離我們遠去。
但我還是不喜歡出門，我眞的不想離開家裡。
當然我的朋友們也是。
昨天，凱文問我想不想看他的泥怪影片，他全部剪輯完成了。
我跟他說不用了。我眞的不想再見到那玩意兒。
從那晚的樹林事件之後，我變得神經兮兮的，我的朋友也是如此。
我們都承受巨大的壓力，精疲力盡。
除了寇特妮以外。
你知道寇特妮在做什麼嗎？

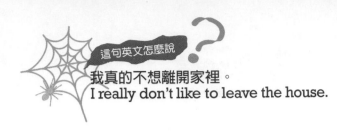

她向所有人吹噓她是對的，這世界上確實有怪物存在。

寇特妮向所有人吹噓她如何證明這個觀點，因爲她親眼見到這些怪物。

她比之前還要討人厭。

討厭死了。

我跟朋友們眞的很想好好嚇寇特妮一次，就那麼一次也好。

但我們沒辦法。

我們眞的太害怕了。

- 只要能出校門我都很開心。
  I was happy to be getting out of school.
- 莫莉有戴眼鏡和牙套。
  Molly wears glasses and has braces.
- 我已經習慣被他們嘲笑了。
  I'm used to being teased.
- 你就不能正經點嗎？
  Can't you ever be serious?
- 我聳聳肩。
  I shrugged.
- 牠是條無害的青蛇。
  It's a harmless green snake.
- 我的一天已經毀了。
  My day had been ruined.
- 她又在炫耀了。
  She was showing off again.
- 蜜蜂真的非常溫和。
  Bees are really very gentle.
- 我想是時候回學校了。
  I think it's time to get back to school.
- 我們一定要想辦法嚇嚇寇特妮！
  We've got to find a way to scare Courtney!
- 我想到了一個點子。
  I think I have an idea.
- 你真的覺得寇特妮會嚇到尖叫嗎？
  You really think it'll make Courtney scream?
- 我從袋子外觀上看不出來。
  I couldn't tell by looking at the bag.

- 我們坐在平常坐的位置上。
  We sat down at our usual table.
- 你們覺得她會不會懷疑是我們幹的？
  Do you think she suspected us?
- 我們都站在那兒看著那隻飽受驚嚇的貓。
  We all stood staring up at the frightened cat.
- 我有點怕高。
  I'm a little afraid of heights.
- 是你在我的午餐袋裡放那條愚蠢的蛇嗎？
  Was it you who put that dumb snake in my lunch?
- 我的三個朋友開始侷促不安。
  My three friends shifted uncomfortably.
- 莫莉和夏琳預祝我們好運。
  Molly and Charlene wished us luck.
- 也許這不是個好主意。
  Maybe this isn't such a good idea.
- 我很佩服。
  I was impressed.
- 我跟著他一起躲進桌下。
  I started to follow him under the table.
- 這裡面越來越熱了！
  It's getting hot in here!
- 我抓起容器趕到他身邊。
  I grabbed the container and hurried over to him.
- 如果寇特妮完全沒被嚇到怎麼辦？
  What if Courtney doesn't get upset?
- 我覺得快要爆炸了。
  I felt like I was about to burst.

- 阿帽怎麼能錯失那麼好的機會？
  How could Hat have missed such an easy shot?
- 這計畫執行得不太順利。
  The plan didn't work too well.
- 為什麼她要那麼勇敢？
  Why did she have to be so totally brave?
- 離我的東西遠一點。
  Get away from my stuff.
- 你們應該要拿大一點的東西來嚇她。
  You've got to scare her with something big.
- 寇特妮大叫救命。
  Courtney cries out for help.
- 該你了。
  It's your turn.
- 小黃花開始吠了。
  Buttercup began to growl.
- 你是怎麼教他的？
  How did you teach him that?
- 我們都對槌球比賽失去了興趣。
  We had all lost interest in the croquet game.
- 我真不知道你這麼有才華。
  I didn't know you were so talented.
- 你能在樹林裡跟我碰面嗎？
  Can you meet me in the woods?
- 我的嘴巴好乾。
  My mouth is kind of dry.
- 那隻狗真的很難控制。
  The dog was being difficult.

小黃花，做你該做的事！
Buttercup, do your stuff!

我那三個朋友已經追了上去。
My three friends were already on their feet.

我不知道他能跑那麼快。
I didn't know he could run that fast.

他怎麼那麼不負責任啊？
How could he be so irresponsible?

那隻狗垂著頭低吼了一聲。
The dog lowered its head and let out a growl.

我敢說你的狗自己回家了。
I'll bet your dog went home.

這兩隻狗是你們的嗎？
Do these dogs belong to any of you?

一定有方法的。
There's got to be a way.

你都不洗頭的嗎？
Don't you ever wash your hair?

我盡可能跑得越快越好。
I was running as fast as I could.

任何東西到了晚上看都更恐怖。
Everything is scarier at night.

他又繼續繞在這個話題上好一陣子。
He went on like that for quite a while.

那些怪物不全然是人類想像出來的。
People don't just imagine all the monsters.

她活該被嚇。
She deserves to be scared.

這對我有什麼好處？
What's in it for me?

那個傳說好像是這樣的。
The legend goes something like this.

這個故事嚇壞了一堆小朋友。
The story has scared an awful lot of kids.

當僕人要有禮貌才是。
A servant should always be polite.

你不打算假扮成丹妮絲了嗎？
You're not going to pretend to be Denise?

我聽到一些你可能會感興趣的事情。
I heard something I thought you'd be interested in.

我不是天才是什麼？
Am I a genius, or what?

我們快速走到樹屋。
We made our way quickly toward the tree house.

不要再嚇我們了！
Stop trying to scare us!

然後好戲就開始了。
Then the fun will begin.

現在我能清楚瞧見凱文和他的朋友們。
I could see Kevin and his friends clearly now.

我轉身看向空地。
I turned back to the clearing.

我真的不想離開家裡。
I really don't like to leave the house.

雞皮疙瘩系列 43

你嚇不倒我！

原著書名—— You Can't Scare Me!
原出版社—— Scholastic Inc.
作　　者—— R.L. 史坦恩（R.L.STINE）
譯　　者—— 柯博昌
責任編輯—— 劉枚瑛

國家圖書館出版品預行編目 (CIP) 資料

你嚇不倒我！/ R. L. 史坦恩 (R. L. Stine) 著；柯博昌 譯 .
-- 初版 . -- 臺北市：商周出版：家庭傳媒城邦分公司發行，
民 109.10 160 面；14.8 x 21 公分 . --（雞皮疙瘩系列 ;43）
譯自：You Can't Scare Me!
ISBN 978-986-477-905-5(平裝)
874.596　　109012015

版　　權—— 黃淑敏、吳亭儀、邱珮芸、劉鎔慈
行銷業務—— 黃崇華、賴晏汝、周佑潔、張媖茜
總 編 輯—— 何宜珍
總 經 理—— 彭之琬
事業群總經理—— 黃淑貞
發 行 人—— 何飛鵬
法律顧問—— 元禾法律事務所 王子文律師
出　　版—— 商周出版
臺北市中山區民生東路二段 141 號 9 樓
電話：(02) 2500-7008 傳真：(02) 2500-7759
E-mail：bwp.service@cite.com.tw
Blog：http://bwp25007008.pixnet.net./blog
發　　行—— 英屬蓋曼群島商家庭傳媒股份有限公司城邦分公司
台北市 104 中山區民生東路二段 141 號 2 樓
書虫客服專線：(02)2500-7718、(02) 2500-7719
服務時間：週一至週五上午 09:30-12:00；下午 13:30-17:00
24 小時傳真專線：(02) 2500-1990；(02) 2500-1991
劃撥帳號：19863813 戶名：書虫股份有限公司
讀者服務信箱：service@readingclub.com.tw
城邦讀書花園：www.cite.com.tw
香港發行所—— 城邦（香港）出版集團有限公司
香港灣仔駱克道 193 號超商業中心 1 樓
電話：(852) 25086231 傳真：(852) 25789337
E-mailL：hkcite@biznetvigator.com
馬新發行所—— 城邦（馬新）出版集團【Cité (M) Sdn. Bhd】
41, Jalan Radin Anum, Bandar Baru Sri Petaling,
57000 Kuala Lumpur, Malaysia
電話：(603)90578822 傳真：(603)90576622
E-mail：cite@cite.com.my

美術設計—— 王秀惠
印　　刷—— 卡樂彩色製版印刷有限公司
經 銷 商—— 聯合發行股份有限公司
電話：(02)2917-8022 傳真：(02)2911-0053

■ 2020 年（民 109）10 月 22 日初版
■ 定價 / 250 元

ISBN 978-986-477-905-5

Printed in Taiwan
城邦讀書花園
www.cite.com.tw

Goosebumps®

Goosebumps®